Anne Bax, *Love Me, Tinder*

Anne Bax

Love Me, Tinder

Kurzgeschichten

konkursbuch
Verlag Claudia Gehrke

Inhaltsverzeichnis

Sex mit 49

Sex ist nicht gleich Sex. Das ist kein großes Geheimnis.
Es gibt ihn von »JA! JA! JA!« bis zu Na … ja …

Deshalb plädiere ich dafür, die Unterschiede auch sprachlich im Wort selber deutlich zu machen, und folge dabei einer alten Familientradition, die ich in den siebziger Jahren meinen beiden Patentanten abgeschaut habe. Nicht, dass die beiden in meiner Gegenwart unnötig viel über Sex redeten, aber hin und wieder erlauschte ich bei Familientreffen mitten in ihren demonstrativ getuschelten Konversationen dieses eine Wort, das sie so unterschiedlich aussprachen.

»Die sollen schon Sex gemacht haben«, flüsterte Tante Käthe und die Perlonfäden in den geblümten Blusen aller anwesenden Tanten streckten sich elektrisiert dem abwaschbaren Kunststoff in den Rückenlehnen der Küchenstühle entgegen.
»Sex gemacht!« Tante Käthe sprühte das Wort so vehement über ihre Kaffeetasse hinweg in unsere

Wohnung, als gälte es allein durch die Artikulation Pollen zu verteilen und unsere Alpenveilchen zu bestäuben. Sie machte das »S« dabei mit einem einzigen feuchten Huschen der Zunge an die Zähne so scharf, dass die Männer im Wohnzimmer ihre Bierflaschen enger umfassten und die Frauen nach dem dunkelroten Schlehenfeuer griffen. Das war ein »S«, für das der Begriff Druckbuchstabe wie geschaffen war. Man konnte gar nicht anders als sich vorzustellen, wie es sich lüstern durch das Alphabet schlängelte, frech dem großen »B« an die Rundungen fasste, dem willigen »Y« von hinten zwischen die nach oben gespreizten Linien griff und dem »H« verwegen unter den Querstrich lugte.

Beischlaf, wenn er »JA! JA! JA!« gut ist, ist Sex.

Für die akkurate Aussprache der Na ... Ja ...-Variante bietet sich dagegen Tante Margrets Version an, obwohl ihr »S« sich niemals angeboten hätte.
»Immer geht es überall um Sechs«, beklagte Tante Margret, und ihre Zunge blieb bei der Aussprache des entscheidenden Buchstabens einfach untätig in der Mitte des Mundes liegen. Bei ihr sprühte nichts. Ihre Lippen klappten einmal kurz und trocken auseinander und wieder zusammen.
Sechs.
Es war klar, dass ihr »S« kein Aufsehen oder irgendetwas anderes erregen wollte. Ihr »S« war vielmehr

der gleiche Laut, mit dem »Sackgasse« anfing – oder »Sagrotan«. Auch das zügellose »X« am Ende des Wortes, mit seinen nach allen Seiten offenen Schenkeln, war einem belanglosen, behäbigen »ch« gewichen. Und selbst wenn Tante Margret unter dem Einfluss von zu viel Eierlikör Tante Käthe wütend zur Rede stellte, klang das, als unterstellte sie ihr, heimlich Lotto zu spielen: »Gib es zu, du hast noch Sechs mit 49.«

Mein Alter verbot es mir damals, aus diesem unterschiedlichen Zungeneinsatz Rückschlüsse auf das Sex- und das Sechsleben der Tanten zu schließen, aber ich habe diese Ausspracheregel begeistert übernommen.

»Du sprichst das so komisch«, hatte der junge Mann, mit dem ich die ersten Experimente wagte, gesagt, »das ist doch keine Zahl.« Ich hatte zustimmend genickt, was wir gemacht hatten, war keine Zahl, aber, wie ich seit jüngsten, weitergehenden Experimenten mit einer neuen Klassenkameradin wusste, Sex war es auch nicht gewesen.

Amuse-Gueule

Ich hätte die graue Bluse anziehen sollen. Das grüne Hemd hat zwar einen schöneren Kragen und passt besser zu meinen Augen, legt im Sitzen aber einige unschöne Defizite im Taillenbereich offen. Wobei Defizit vielleicht nicht die richtige Bezeichnung ist, denn da geht es ja per Definition um etwas, das weniger ist, was in der betroffenen Region bei mir nicht zutrifft. Und bei einer Verabredung in einem Restaurant ist das Sitzen so schwer zu umgehen. Wir hätten vielleicht spazieren gehen sollen! Da trägt man um diese Jahreszeit sogar noch eine Jacke und ich hätte das grüne Hemd nicht ständig daran hindern müssen, mein verborgenes Michelin-Männchen sichtbar nachzuzeichnen.

Ich setze mich einfach näher an das Tischtuch. Gut, dass ich ein Restaurant mit langen weißen Tischtüchern ausgesucht habe.

»Lass uns doch am Freitag zusammen essen und dann schauen wir weiter. Kennst du etwas Schönes?«,

hatte sie vor drei Tagen am Telefon gesagt, und ich hatte das in dem gewaltigen Glücksrausch, den ihre Worte ausgelöst hatten, bejaht, um danach tagelang hilflos Restaurantführer zu wälzen. Ich hatte italienische Lokale ausschließen müssen, weil ich bereits mehrere Kleidungsstücke besaß, die von meinem Umgang mit Spaghetti/Fettuccine und Tagliatelle erzählten. Mein Ehrgeiz, alle länglichen Nudeln schnell und elegant um die Gabel zu wickeln, verwandelte die Nudeln nämlich meist in rotierende Gefahren, die an die Bürsten in Waschstraßen erinnerten, nur dass sie kein Wasser, sondern Tomatensoße verteilten.

Und jetzt sitze ich hier.
Ich seufze laut, ohne das zu wollen. Ein Kellner in der Nähe schaut kurz und beunruhigt auf und bringt mir dann einen Brotkorb.
Ich nehme ein winziges Stück Brot aus dem Korb und drücke es zusammen.
Dieser Abend ist etwas Besonderes, er ist ein Anfang, und da muss ich doch verhindern, dass ich oder sie oder das Tischtuch dank unkontrollierbarer Pasta wie ein Gemälde von Jackson Pollock aussehen.
Ich habe mich auch für dieses Lokal entschieden, weil mir dessen Webseite gefiel, die von der Liebe und der Freude an den schönen Dingen des Lebens erzählt.

Hier, wo sich das Licht der Kerzen in den anmutigen Rundungen der polierten Weingläsern fängt und die Kellner in ihren langen schwarzen Schürzen umherhuschen und an den Tischen flüstern, als verrieten sie jedem Gast ein anderes Staatsgeheimnis und nicht nur den Fisch des Tages, hier ist mein klopfendes Herz allerdings fast hörbar. Und mein Seufzen zu laut.

Ich sitze zudem mittlerweile so dicht am Tisch, dass die Schmetterlinge in meinem Bauch das Tischtuch zum Flattern bringen könnten und in der verspiegelten Fläche hinter der Bar sehe ich aus wie eines der Kleinkinder, die man in ihren Hochstühlen extrem nah an die Teller schiebt, um sie effektiver füttern zu können. Kein Eindruck den man bei einem ersten Treffen auslösen möchte. Ich schiebe den Stuhl wieder etwas zurück, ziehe das Hemd von der Problemzone und studiere den Spiegel. Und die Uhr, die links daneben mit blassgoldenen Zeigern das Vergehen der Zeit still und anmutig inszeniert. Ich bemühe mich, nicht zu sehen, dass sie schon zehn Minuten zu spät ist. So wie ich nicht errechnet habe, dass ich zwanzig Minuten zu früh war.

Einer der huschenden Kellner verharrt wieder kurz an meinem Tisch, rückt eines der Gläser vor dem leeren Platz gegenüber ein wenig zurecht, füllt

mein Wasser nach und lächelt mir aufmunternd zu. Ich studiere die Karte. Sie ist zweisprachig, und in einer der beiden Sprachen kann ich nur den Satz »Ich bin im Schreibwarenladen gewesen« flüssig lesen und verstehen. Die andere ist wohl meine Muttersprache, allerdings kommt mir auch in diesem Teil wenig bekannt vor.
Milchkalbsbries karamellisiert in Patschuli-Essenz mit Shizo-Tempura.

An Patschuli kann ich mich erinnern, danach roch jede gymnasiale Oberstufe, die in den Siebzigern etwas auf sich hielt. Appetitanregend war der Duft eigentlich nicht, eher geeignet, etwaige Motten von unserer Anti-Establishment-Uniform fernzuhalten. Und ist Bries nicht irgendeine Drüse. Ich muss das mal googlen.
Ich hätte das nicht googlen sollen.
»Kalbsbries hat eine an Hirn erinnernde, aber etwas festere Struktur und ist reich an Kalium und Vitamin C sowie Purinen.«
Eine kaliumreiche Drüse in Patchouli. Ich hätte vielleicht doch die Spaghetti-Bürsten riskieren sollen.

Das kann doch nicht sein, dass ich ausgerechnet jetzt keinen Parkplatz finde. Wofür fahre ich denn so eine überdachte Zündkerze, wenn mir das nicht genau in solchen Momenten Vorteile bringt.
Mist.

Ich hätte nicht so lange überlegen sollen, ob Rock oder Hose und wenn Rock, dann mit welcher Bluse, und wenn Hose, dann mit welchem Shirt. Und dann hätte ich mir den Rotwein nicht über das Shirt, für das ich mich entschieden hatte, schütten sollen. Ich hätte den Rotwein sowieso nicht auf nüchternen Magen trinken sollen. Aber ich bin so verdammt nervös. Vielleicht habe ich schon Parkplätze übersehen, vielleicht komplette Parkgaragen, mir ist nämlich ein bisschen flau. Und mein Herz schlägt viel zu stark und genau auf den Magen und deshalb schwappt der Rotwein ständig hin und her.
Ich bin schon viel zu spät. Jetzt denkt sie sicherlich, dass ich unzuverlässig oder unpünktlich bin. Oder dass mir unser Treffen nicht wichtig ist. Wenn sie wüsste, dass ich heute Morgen ganz erfüllt von unserem letzten Telefonat mit dem gut gefüllten Müllbeutel einkaufen gegangen bin und mir das erst vor Aldi klar geworden ist. Das und die Tatsache, dass ich stattdessen meine Einkaufstasche in die Mülltonne geworfen habe, würde mich sicher in ein anderes Licht rücken. Kein besseres, bei näherem Nachdenken, aber ein anderes. Ich müsste ihr unbedingt texten, dass ich schon dreimal an diesem Restaurant vorbeigefahren bin. Dafür müsste ich aber einen Platz finden, an dem ich halten kann, ohne dass mein unsoziales Verkehrsverhalten der ganzen Stadt von mindestens drei Autohupen im Canon verkündet wird. Ich drehe jetzt noch eine Runde, ich habe schon gar keinen Appetit mehr.

Hoffentlich ist das nicht so ein Laden, in dem jedes Gericht ein Paradies für Präpositionen ist. Dinge, von denen man nicht wusste, das man sie essen kann, an Zutaten, die man nicht kennt, neben lauter Sachen, die man in der Küche eher nicht vermutet, auf einem Bett aus unklarem Grünzeug.
Im Moment wäre mir nach einem Zwieback.
An einem Wodka.
Da, genau gegenüber vom Restaurant tut sich etwas. Wenn dieser freundliche ältere Herr seine Gattin und ihre stattliche Tütenzahl ins Auto geladen hat, fährt er sicher heraus. Ich bleibe jetzt hier in zweiter Reihe in dieser zugegeben engen Straße stehen, setze den Blinker, texte ihr und stelle die Ohren auf Durchzug.

Eine Nachricht von ihr. Versammelte Schutzheilige der ersten Dates, lasst das bitte keine schlecht gelogene Entschuldigung sein, warum sie heute Abend nicht kommen kann.
Quatsch, sie freut sich.
Hat sie gestern Nacht am Telefon noch gesagt.
Am Telefon kann man das leicht sagen. Ich weiß ja nicht, wie sie dabei geguckt hat.
Quatsch!
Ich lese das jetzt und entwerfe keine Schreckensszenarien.
Ich habe Magenschmerzen.

Versuche gerade einzuparken. Bin gleich da. Freue mich.

Natürlich! Deshalb ist sie zu spät. Ich habe vor Erleichterung fast das Tischtuch von Tisch gerissen. Zum Glück habe ich es im letzten Moment losgelassen.
Sie kommt ja mit dem Auto, und Parkplätze gehören in dieser Gegend zu den bedrohten Arten.
Dann ist sie also gleich hier.
Setzt sich.
Sieht mich an.
Mir ist schlecht.
Ich hätte heute vielleicht irgendwann etwas essen sollen. Das kleine Stückchen Brot aus dem Korb, der mich wohl bis zur Patchouli-Drüse beruhigen sollte, habe ich auch weniger gegessen und mehr zerkrümelt. Gründlich zerkrümelt, eigentlich schon fast wieder in das Mehl zurückverwandelt, aus dem es einst gebacken wurde. Ich fege jetzt unauffällig das Brotpuzzle vom Tisch, setze mich vorteilhaft hin und antworte ihr.

Der Wagen steht gut und ich muss jetzt nur noch aussteigen und ins Restaurant gehen. Im Rückspiegel sehe ich die roten Flecken, deren Hitze ich deutlich auf den Wangen fühle. Kann ich das noch überschminken?
Ob wir uns etwas zu sagen haben?

Am Telefon reden wir immer stundenlang Unsinn. Schönen Unsinn. Unglaublich schönen Unsinn.
Oh, sie antwortet.

Ich freue mich auch.

Sie klingt so ruhig. Und so vernünftig. Sie sitzt da wahrscheinlich ganz entspannt und stellt im Geiste genau das richtige Präpositionen-Menü zusammen. Und ich sitze hier und sehe aus als ob ich die Masern hätte. Und ich bin ein Bündel von herzzerklopften Emotionen und Erwartungen und anderen Worten mit E, die mir aber jetzt nicht einfallen. Was allerdings auch ein Wort mit E ist.
Noch ein Text von ihr. Sie wird ungeduldig. Natürlich.

Bist du in Ordnung? Ich bin total aufgeregt und ich habe keinen Hunger mehr.
Und ich kann dich durch die Scheibe sehen.
Sollen wir nicht einfach spazierengehen?

Kannst du Gedanken lesen?

Ja! Und Brot in Mehl verwandeln. Jesus ist schon ganz beunruhigt. Fährst du uns raus?

Wir könnten zum Rhein fahren. Da könnten wir schauen, ob du auch übers Wasser laufen kannst.

Lass uns mit der Uferpromenade anfangen.

Ist mir recht. Hauptsache raus!

Ich winke einen der beschürzten Kellner heran und ertrage seinen mitleidigen Blick genauso mühelos wie er meine umständlichen Erklärungen. Er erlässt mir den Brotkorb und berechnet nur das Wasser. Sie ist dort draußen, möchte ich ihm zuflüstern und auf das kleine Auto deuten, aber ich lasse das und gehe einfach hinaus, dorthin wo das Wunder wartet.

Der Duft von frischem Obst

Du hast meine Blicke auf dich gezogen, das ist mir irgendwann klar geworden. Und wir haben uns immer wieder angesehen, mal kürzer, mal länger, wochenlang. Natürlich hast du nie direkt zu mir herübergeschaut, aber die Art, wie du dich so gekonnt lässig, so bewusst unnahbar, so kalkuliert kühl präsentiert hast, hat dich verraten. Du wusstest genauso gut wie ich, dass wir für einander geschaffen waren. Und dass jede unserer Begegnungen Teil des alten Spiels war, Teil des Tanzes, den wir schon längst gleichzeitig getrennt und gemeinsam tanzten. Wie gerne hätte ich dich in manchen Augenblicken einfach aus allem herausgerissen, dich entführt und fortgetragen. Doch alles hat seine eigenen Regeln und diese Regeln haben ihren eigenen Reiz. So habe ich dich weiter aus der Ferne bewundert und ganz zart umworben. Und du bist geblieben und du hast dich mir zugewendet, wann immer es deine Situation erlaubte. Und dann, als es darauf ankam und ich dich wie zufällig berührte, da durchfuhr uns beide ein Schlag.
Und die Entscheidung war gefallen.

Jetzt ist der Tag endlich gekommen.
Wir hätten nicht warten müssen, bis es dunkel wird, aber es hat den Moment hinausgezögert und mich in fiebrige Unruhe versetzt. Es ist schon späte Nacht und ich kann mich kaum noch zurückhalten. Ich zwinge meine Hände, ruhig zu werden, und atme tief ein. Dein Duft, dieser spezielle Geruch nach etwas Neuem, etwas Fremdem, Unberührtem, nach etwas, das ich gleich vollkommen besitzen werde, durchweht ganz schwach den Raum und macht mich schwindelig.
Und mächtig. Und schwach. Und neugierig.
Jedem Anfang wohnt ein Zauber inne …
Ich habe dich an diesem Tag mit gespielter Gleichgültigkeit wieder nur kurz, fast flüchtig berührt, um diesen Augenblick, dieses erste gemeinsame Erwachen in der Dunkelheit zu etwas Besonderem zu machen. Jetzt schließen sich meine Hände um deine schlanken Konturen und obwohl ich von Zurückhaltung träume, zerre ich fast wütend an allem, was uns noch trennt. Deine Hüllen fallen fast zu schnell und meine ungeduldigen Hände schämen sich nicht mehr.
Ich schließe die Augen und bin nur noch Gefühl. Meine Fingerspitzen bewegen sich sanft, ein zartes Streifen nur, und doch eröffnet es uns Welten. Ich sehe dich leuchten. Jede meiner Fingerkuppen erwacht zu einem eigenen Leben, will eigene Entdeckungen machen, eigene Wege gehen.

Mein Zeigefinger streicht schneller, ungeduldiger, drückt, einmal, zweimal, forschend und sanft hier, härter und fordernder dort.
Meine Hand verharrt immer wieder und meine Finger lauschen, sie lauschen und genießen. Du öffnest dich meinen Berührungen willig und wirst ganz mein. Ein Laut, endlich, ein leises Summen, du vibrierst unter meinen Händen. Das ist Glück, denke ich. Du bist jetzt meine Welt und ich dringe tiefer und tiefer in dich ein.
Ich will dich hören, ich will dich lauter, aber du bleibst so ruhig.
Ich drücke fester, streiche, reibe ein wenig und dann wirst du ganz plötzlich ganz laut.
Und ich höre dich und fühle dich und meine Finger folgen dir blind.

Ich habe die Tür nicht gehört und ihren Schlüssel nicht, der ihr doch schon auf der Treppe immer vorausklimpert. So betritt sie ohne Vorwarnung das abgedunkelte Wohnzimmer und ich fahre schuldbewusst zusammen.
Sie grinst. »Schon wieder ein neues iPhone?«
Ich krümme schützend die Hände, um dich vor diesen verächtlichen Blicken zu schützen.
Sie legt sich zu mir auf die Couch und schiebt ihre Hände unter meinen Pullover. »Kann Siri das hier auch?«

Ich quieke ein schwaches »Nein«.
Sie küsst mich tief und lang.
Ich genieße und überlege, während meine Hormone in Richtung Erregung rennen.
Konnte Siri das auch?
Vielleicht gab es da eine App, von der ich noch nichts wusste.
Ich würde das später googlen.

#niemehrallein

Ich spüre deine Hände,
Mein Herz wird laut, mein Mund wird still.
Dein tiefer Blick spricht Bände,
Du bist jetzt alles, was ich will.

Die Welt ist ganz verschwunden,
Es gibt nur deine Haut,
Und meinen warmen Wunsch
Der neue Wege baut.

Es gibt nur dich und mich und uns
Und diese Sommernacht
Und einen hellen Mond,
Der wie die Sonne lacht.

Ich will nur dich noch fühlen
Und vorher ganz kurz klicken
Und meinen Facebook Freunden
Ein kleines Update schicken.

Bevor wir ganz in uns versinken,
Muss ich schnell tippen, posten, wischen,
Und uns auch digital verlinken,
Und unsere Daten mischen.

Es gibt nur dich und mich und uns
Und mein Mobil-Gerät,
Das meinen Exgeliebten
Den Status aktuell verrät.

Dass wir uns endlich treffen,
Hat 70 Likes bekommen,
Der Hashtag #secretLove,
Hat mir die Angst genommen.

Es gibt nur dich und mich und uns
Und digitale Nabelschnüre
Und inszenierte Glücksmomente
Und oft kopierte Liebesschwüre.

Bevor du deine Lippen,
Jetzt sanft auf meine presst.
Lass uns ein Foto machen,
Das nichts mehr offen lässt.

Und das bei Twitter dann,
Retweetet werden kann.
Und allen Zweiflern zeigt,
Sie hat das dritte Date,
Endlich mal nicht vergeigt.

Alles leuchtet

Das Gute an besten Freundinnen war, dass sie geduldig waren.
Sehr geduldig.
Auch wenn man ihnen die gleiche Frage zum zehnten Mal stellte oder man sie nächtelang mit immer neuen Fragen am Schlafen hinderte oder wenn man sich für eine verwirrende Kombination aus beidem entschied. Ich versuchte das Handy zwischen Schulter und Ohr zu klemmen, um nach meinem Glas zu greifen und es rutschte an mir herab und schlug unsanft auf dem Boden auf.
»Mist!« Ich griff nach dem Smartphone, das seinem Namen Ehre machte und klug genug gewesen war, nicht zu splittern. Aus dem Lautsprecher kämpfte sich eine Stimme durch den vielen Raum bis zu meinem Ohr. »Hallo? Alles in Ordnung bei dir?«
»Entschuldige, das Telefon ist runtergefallen.«
Ich klemmte das Handy zurück an seinen Platz, setzte mich etwas vorsichtiger hin und nahm unseren Gesprächsfaden wieder auf.
»Also glaubst du nun, dass man so einen Gehirntumor bemerkt?«

Ich konnte sie übertrieben laut einatmen hören.
»Nein, aber ich glaube, dass ich, wenn ich noch mehr Nächte mit dir telefonieren muss, die Wahrscheinlichkeit erhöhe, einen Tumor hinterm Ohr zu bekommen!«
Das hatte meine beste Freundin gestern auch schon geantwortet.
Und vorgestern.
»Dann könnte es also sein, dass wir durch die vielen Handy-Gespräche nach meinem Umzug beide einen schlimmen Tumor bekommen haben und nur ich bis jetzt die Symptome zeige?«
»Du bist erst vor drei Monaten umgezogen. So schnell geht das dann doch nicht.«
»Dann liegt es vielleicht an der Trennung? Ich habe mich doch falsch entschieden und hätte bei Marc bleiben sollen. Jetzt entwickele ich deshalb Wahnvorstellungen.«
Sie gähnte sehr demonstrativ. »Deine Wahnvorstellung war eindeutig, dass du mit diesem Langweiler glücklich werden könntest, und die Trennung und die neue Stadt waren die besten Ideen, die du jemals hattest, glaub mir, ich hätte deine Möbel noch 500 km weiter weggetragen, um dich da herauszubekommen.«
»Du hast gar keine Möbel getragen.«
»In Gedanken schon.« Sie lachte.
»Und du hast mir in den zwei Jahren mit Marc nie so deutlich gesagt, wie du über ihn denkst.«

»Es gibt Dinge, auf die man selber kommen sollte.«
»Und woher weiß ich dann, dass du dir jetzt nicht auch sicher bist, dass ich wahnsinnig werde und du nur möchtest, dass ich selber darauf komme?«
»Du bist doch schon selber darauf gekommen. Und es ist bis jetzt das Einzige, worauf du gekommen bist. Ich warte darauf, dass du anfängst, dein neues Leben zu genießen, und nicht über irgendwelche Lichtreflexionen nachdenkst.«
»Das waren aber keine Lichtreflexionen!«

Und damit waren wir wieder am Anfang unseres Gesprächs und wieder wusste ich nicht, wie ich ihr erklären sollte, was in mir und um mich herum passierte.
Und warum mich mein Leben plötzlich so hartnäckig beunruhigte.
»Erzähl mir noch einmal, wie es angefangen hat.«
Ich konnte Decken rascheln hören und ihre Stimme verriet die Sehnsucht nach Schlaf.
»Du bist müde.«
»Ja, natürlich bin ich müde. Es ist mitten in der Nacht!«
»Dann lasse ich dich jetzt schlafen.«
»Und dann willst du ruhelos in der Wohnung umherlaufen und Selbstgespräche führen? Also los, erzähl!«
»Eigentlich hat es mit der Besichtigung der zweiten Wohnung, die ich angekreuzt hatte, begonnen.«

Ich war diese Treppe damals, zu Beginn des Sommers, mit der fremden Frau, die sich ebenfalls für die kleine Wohnung im fünften Stock interessiert hatte, hinabgegangen, und in der vierten Etage war ich wegen einer etwas zu hohen Stufe aus dem Gleichgewicht gekommen. Die Frau war nicht gestolpert, sondern hatte mich mit einem festen Griff um den Arm vor einem Sturz bewahrt. Eine Berührung, die durch und durch harmlos und so alltäglich gewesen war, dass es nichts daran zu bemerken gab. Bis auf die Tatsache, dass ich sie bemerkt hatte. So, als wäre ich zu nah an eine Kerze gekommen und das flackernde Licht hätte mir kurz und heftig die Haut erhitzt.
»Danke«, hatte ich damals gemurmelt und mir verlegen den Arm gerieben. Die Fremde hatte gelächelt. »Ich liebe diese alten Holztreppen eigentlich. Nach all den Jahren ist keine Stufe genau wie die andere. Falls Sie hier einziehen wollen, sollten Sie sich diese Stufe hier merken. Die ist deutlich höher als die anderen.«

Zwei Wochen später war ich wirklich eingezogen und danach regelmäßig über diese Stufe gefallen. Was daran lag, dass ich seit meinem Einzug immer irgendwo zu spät war. Es fiel mir ungewöhnlich schwer, meine Anreise zur neuen Arbeitsstelle genau zu timen, und es gab morgens immer ein Stück zu rennen. Meist rannte ich die gesamte Strecke bis zur U-Bahn.

Und oft rannte ich dann zum Bus, weil ich die U-Bahn verpasst hatte.
Und manchmal stieg ich dann in einen falschen Bus.
Oder ich stieg in den richtigen, aber an der falschen Haltestelle aus.
Es war halt vieles neu.
Und es war alles anders.

An einem dieser Tage war ich so wütend auf mich und die Stufe gewesen, dass ich sie hatte treten wollen, weil ich mich nicht selber treten konnte.
Aber als ich ausholte, hatte die Stufe geleuchtet.
Leicht golden geleuchtet.
Nicht die ganze Stufe, sondern nur der Umriss eines Fußes, der genau in der Mitte des dunklen Holzes aufgesetzt hatte.
Und der nicht gestolpert war.
Eine mir noch unbekannte Nachbarin hatte gerade zwei bis zum Bersten mit Gemüse und Obst gefüllte Tüten die Treppe hinaufgeschleppt. Und war keuchend stehengeblieben, um mit mir gemeinsam auf die Stufe zu starren. »Wieder Ratten?«, hatte sie geschnauft und mit schnellen Blicken den Boden abgesucht.
»Die Stufe leuchtet«, hatte ich gesagt. Die Nachbarin hatte mich beunruhigt angeblickt und schnell nach ihren Tüten gegriffen, wobei ein roter Apfel mitten in den goldenen Fußumriss gefallen war

und sich mit dem Licht gefüllt hatte. Das hatte sehr schön ausgesehen. Ich hatte den Apfel aufgehoben und in die leuchtende Schale gebissen, in der Hoffnung zu erfahren, wie das Leuchten schmeckte.
Das Leuchten hatte fruchtig und süß und stark nach Apfel geschmeckt, was nicht sonderlich außergewöhnlich gewesen war.
Der Gesichtsausdruck der Nachbarin allerdings schon.

»Du hast also in den Apfel gebissen. Klassischer Fehler, Schneewittchen. Und was ist dann passiert? Sind eine ungerade Anzahl an Zwergen und ein einzelner Prinz aufgetaucht?,« sagte die Stimme in meinem Telefonhörer und kicherte.
Das Schlechte an besten Freundinnen ist, dass sie sich hemmungslos amüsieren dürfen.
»Die Nachbarin hat die Tür abgeschlossen, als ich abends vorbeigegangen bin.«
»Und das wundert dich?«

Nein, das hatte mich nicht gewundert. So wie mich das Angebot der Fremden an diesem ersten Tag nicht wirklich gewundert hatte. »Neu wie Sie sind, können Sie doch sicher einen kleinen Überblick über dieses Viertel gebrauchen. Ich kenne jede Menge Stufen und einige Bürgersteigkanten, vor denen ich Sie warnen könnte«, hatte sie gelacht, als wir beide unten vor der Haustür angekommen waren. Wir hatten da eigentlich schon viel zu lange gestanden für zwei Fremde, die sich nur zufällig die gleiche Wohnung angesehen hatten. Aber es war natürlicher gewesen, so stehen zu bleiben, als zu gehen.

Warum das so war, hätte ich nicht sagen können und es interessierte mich nicht.

»Sollen wir mit dem schönsten Park anfangen oder mit dem besten Café? Ich bin übrigens Leila.« Wieder hatte ihre Hand meine berührt und umschlossen und wieder hatte ich das Gefühl von Feuer gehabt. Ich hatte ihr meinen Namen anvertraut, als wäre er ein kostbares Geheimnis, das sie von nun an hüten musste. Ihre Hand hatte den Druck verstärkt und damit den Pakt besiegelt.

»Park oder Café?«

Ich war für den Park gewesen und hatte Café gesagt. Sie hatte das bemerkt, so, als hätte sie die wirren Gedanken hinter meiner Stirn sehen können, und mich lächelnd in die Richtung des Parks geschubst. Und dort hatte sie mir den kleinen Teich mit den Seerosen, die Brücke und den Weg zum Fluss gezeigt. Und die anmutige Statue einer Amazone auf ihrem Pferd, die im Spiel aus Licht und Schatten, das die hohen Bäume mit ihr veranstalteten, lebendig und tatendurstig ausgesehen hatte. Und Leila und ich hatten geredet und waren gelaufen und die schmalen Pfade hatten sich immer neue Abzweigungen einfallen lassen, damit unser Weg kein Ende nahm.

»Ich habe ja nichts gegen Gesprächspausen, aber sie sollten noch im selben Kalenderjahr wieder enden …«
Auch beste Freundinnen hatten nur begrenzt Geduld.
»Entschuldige, ich habe nachgedacht.«
»Das solltest du auch. Letzte Woche hast du mir erzählt, dass du wenig schläfst, in der Woche davor hast du über fehlenden Appetit geklagt und jetzt leuchten die Stufen.«
»Nur eine!« Es war mir ganz wichtig zu betonen, dass es diese eine Stufe war.
»Aber sonst leuchtet doch nichts, oder? Ich meine, außer dem, was in einer normalen Stadt des 21. Jahrhunderts so leuchten sollte. Straßenlaternen, Neonreklamen, Ampeln …«
»Amazonen?«
»Nein, keine Amazonen. Sag bitte nicht, du hast eine leuchtende Amazone gesehen. Oder sag, du hast eine leuchtende Amazone gesehen, aber in einem sehr modernen Theaterstück.«
»Sie steht in einem Park.«
»Und sie ist eine künstlerisch bedeutsame Lichtinstallation?«
»Sie ist eine Statue.«
»Aus Glühbirnen?«

»Aus Kupfer, glaube ich.«
»Ich schlage das mit dem Tumor noch einmal nach.«
Es gab einen Punkt, an dem beste Freundinnen sich Sorgen machten.
»Leuchtet da sonst noch etwas?«
»Einige Wege leuchten …«
»Bestimmte Wege?«
»Ja.«
»Und ich vermute, wir reden hier nicht über eine futuristische Art der Verkehrsführung?«
»Nein, es sieht aus wie Spuren, wie Schritte …«
»Ich komme am Wochenende zu dir!«
»Wochenende ist schlecht.« Ich wurde rot und sah auf meine Schuhe.
»Guckst du auf deine Schuhe?«
»Nein!« Ich sah ertappt auf einen Punkt knapp neben meinen Schuhen.
Beste Freundinnen konnten auch misstrauisch werden.
»Letztes Wochenende war auch schon schlecht … und das davor auch … hast du jemanden kennengelernt?«
»Nein, eigentlich nicht.«
Das war nicht gelogen. Wenn meine beste Freundin »jemanden« sagte, dann meinte sie einen Mann und ich hatte keinen Mann kennengelernt. Ich hatte eigentlich niemanden kennengelernt.
Leila und ich hatten einfach nur nicht mehr auf-

gehört, uns zu treffen. Nach der Arbeit wartete sie mit einem Kaffee im Park und dann gingen wir durch die Stadt, bis es dunkel wurde. Manchmal aßen wir zusammen, manchmal begleitete sie mich einfach nur zur Tür und sagte: »Bis morgen?«
»Ja«, sagte ich jedes Mal, und fiel in der Zeit zwischen unseren Treffen über die leuchtende Stufe oder rannte den falschen Bussen hinterher.

»Ich habe es gegoogelt, es ist kein Tumor, es ist schlimmer.« Für einen Moment war ich verwirrt über die vertraute Stimme in meinem Ohr, dann fiel mir wieder ein, dass zwischen meinem Ohr und der Rücklehne des Sessels immer noch mein Handy eingeklemmt war.
»Was ist es denn?«
»Ich fürchte, du musst selber darauf kommen.«
»Ist es heilbar?«
»Kommt darauf an, wen man fragt, ich sage mal nein.«
Jetzt machte sich meine beste Freundin eindeutig über mich lustig.
»Ich lege auf!«
»Mach das. Und morgen rufst du wieder an. Ich vermute nach 22.00 Uhr.«
»Nein, morgen nicht.« Das hatte ich zu schnell gesagt und zu atemlos.
»Was ist denn morgen?«
»Donnerstag.«

»Danke, als Kalender hast du eine große Karriere vor dir.«
Ich sah wieder auf meine Schuhe.
»Und du siehst wieder auf deine Schuhe.«
»Ja.« Ich gab es zu. Leugnen war zwecklos.
»Was? Ist? Morgen?«
Jedes Wort meiner besten Freundin war eine einzelne bedeutungsschwangere Frage.

»Ich habe ein paar Tage keine Zeit, hast du Lust, am nächsten Donnerstag abends mit mir zu kochen? Ich kaufe ein und könnte dann zu dir kommen, wenn du magst«, hatte Leila gesagt und mich lächelnd angesehen. Und ihre Augen hatten dabei hell geleuchtet. So wie die Stufen und die Statue geleuchtet hatten.
»Deine Augen leuchten!«, hatte ich gesagt und einfach ihre Hand genommen. Sie hatte auf unsere Hände geschaut.
»Alles leuchtet!«, hatte sie dann geantwortet.
»Ja, ich weiß«, hatte ich gesagt.

»Morgen …« Ich fand keine Worte für das, was morgen war. Für das, was ich hoffte, für das, was ich fürchtete, für das, was ich herbeisehnte.
Meine beste Freundin brachte die Sache auf den Punkt: »Das Praktische an morgen ist, dass es ja schon morgen ist. Erzähl es mir also, wenn du es herausgefunden hast. Und jetzt schlaf. Ruf mich an,

wenn du Fragen oder Antworten hast … und … es würde mich nicht wundern, wenn als Nächstes dein Kopfkissen leuchtet.«
Sie kicherte und legte blitzschnell auf.
Mich auch nicht, dachte ich erschrocken, und hörte, wie ein Nachbar im Treppenhaus über die Stufe stolperte.
Mich auch nicht.

Mit den Fragen

Gibt es da diese feine Spur,
In deinem Blick, in deinem Lachen?
Gibt es den Funken, den es braucht?
Muss ich ihn einfach nur entfachen?

Gibt es ein Wir, gibt es ein Ja,
Hinter unseren coolen Worten?
Gibt es den Wunsch, ich wäre da,
An deinen dunklen Orten?

Sind wir ein Feuer, das in einer Nacht zu Asche wird?
Sind wir die Glut, die den Phoenix neu gebiert?
Sind wir ein Rätsel, das wir uns selbst gegeben haben?
Sind wir ein Puzzle und die Teile haben alle keine Farben?
Sind wir der Reim, nachdem die Dichter heimlich suchen?
Bin ich der Kaffee, bist du der Kuchen?

Sind wir zusammen wirklich mehr, als jede von uns bisher ist?
Bin ich das hin und du das her?
Und was passiert, wenn du mich küsst?

Wer von uns beiden flieht zuerst?
Wer von uns beiden lässt sich stellen?
Wer von uns beiden wagt den Sprung?
Wer von uns beiden scheut die Wellen?

Wenn du keine Antwort hast, dann musst du auch nichts sagen.
Dann lebten wir die Fragen.
Wenn wir keine Antwort finden,
Dann lass uns mit den Fragen leben.
Ich glaube, dass wir beide uns im Fragen eine Antwort geben.

Schubladendenken

Ich widme mich philosophischen Überlegungen nur, wenn ich muss.
Also wenn ich wirklich muss, wie zum Beispiel letztens auf dieser Party mit den vielen Frauen, den ungezählten alkoholhaltigen Getränken und den genau abgezählten Damentoiletten. Dass es dort auch nur zwei Stehtische gab und ich ganz plötzlich, ganz dringend musste, riss mich aus meinen alltäglichen Betrachtungen und szenischen Beobachtungen. So drückte ich einer Fremden neben mir mein halb volles Glas nebst Papierschirmchen, aufwendiger Obstdekoration und teilweise abgelecktem Zukkerrand wortlos in die Hand und rannte los. Ich sah die Schlange zwar früh, aber ich stoppte spät und drückte mit dem gesamten Schwung meiner Beschleunigung die weiblichen Notdürftigen, ein paar Millimeter näher an die Wasserspülungen, was für ein unwilliges Raunen sorgte, das eine kleine Weile wie eine Meereswelle vor und zurück brandete. Dann standen wir stumm still.
Ich schloss die Augen, versuchte mich unsichtbar zu machen und wurde dadurch ruckartig zurück-

geworfen auf die Sinnlosigkeit des Seins, meine drückende Blase und die weit, weit entfernte Erleichterung.
In dieser menschlichen Grenzsituation stellte ich mir dann plötzlich die wirklich wichtigen Fragen. Und ich hielt mich nicht mit diesen simplen »Wo kommen wir her, wo gehen wir hin?-Quatsch« auf, sondern ich bemühte mich, die großen Mysterien zu verstehen:
Warum besaßen öffentliche Veranstaltungsorte so oft ganz genau drei Toiletten?
Warum war von diesen dreien immer eine defekt?
Und warum war die Defekte immer die in der Mitte?
War das ein kosmisches Gesetz?
Eine mathematische Notwendigkeit?
Ergab sich das vielleicht automatisch, wenn man alle deutschen Damentoiletten durch Pi teilte?
Oder gab es eine Fibonacci-Folge, die das erklärte?
Ich verwarf diese Überlegung wieder, weil Fibonacci ja immer aufs Herrenklo hatte gehen können.

Während ich mich also unauffällig und nachdenklich gemeinsam mit meiner unfreiwillig gegründeten Leidenspolonaise in dem Tempo voranschob, in dem Miesmuscheln zu Sand werden, stellte ich in der Nähe der schlecht gewischten Waschbecken plötzlich fest, dass philosophische Erkenntnisse im Alltag schon lange mehr Anwendung finden als ich vermutet hätte.

Hätten Sie zum Beispiel gedacht, dass das in vier Schubladen ruhende Sortiment der Hygieneautomaten auf öffentlichen Toiletten sich streng nach der Temperamentenlehre des Hippokrates richtet?
Ich auch nicht.
Tut es aber.
Meine Blase drückte, ich staunte.

In der Automatenschublade ganz links gab es vier Tampons für 4 Euro. Hier kam die Kundin ganz sicher aus dem Konsumentenkreis der Phlegmatikerinnen, die auch sonst immer wieder aufs Neue überrascht von Hunger, Durst und extrem gleichgültig gegenüber dem Konzept von Öffnungszeiten, ihren täglichen Bedarf an wechselnden Kiosken, in Kneipen und an Tankstellen deckten. Kein Wunder also, dass die preisgünstige Organisation eines Zyklus von vier Wochen für die Phlegmatikerin eine zu große Herausforderung darstellte. Oder ihr einfach total egal war. Ich selber hatte einige interessante Wochen mit einer Phlegmatikerin, die regelmäßig an nächtlichen Tankstellen nach Sekt, Schokolade und wechselnden Hygieneartikeln gegriffen hatte, hinter mir. Das war allerdings nicht der Grund, warum ich sie eines nachts an einer dieser Tankstellen mit einer Flasche Prosecco und zwei Rollen Toilettenpapier stehen ließ, sondern die Tatsache, dass sie auch im Bereich Orgasmen nicht zwischen mir und zeitlich flexibleren Anbieterinnen unterscheiden mochte.

Die zweite Schublade verschaffte mir mehr Einblick in die Lebensführung des nächsten Temperaments, als ich mit gedehnter Blase und wehmütigen Gedanken ertragen konnte. Dort bot sich der schreiend bunte Polyestertanga »Night-delight« zum schnellen Wäschewechsel an.
Klarer Fall! Wer außer der leichtlebenden Sanguinikerin ging denn immer wieder unbeschwert mit der karierten Frotteewäsche zum ersten Rendezvous und beschloss erst in allerletzter Sekunde, doch lieber billig als brav zu wirken? Wer ließ sich denn von zwei tiefen Blicken und vier kalten Getränken ansatzlos in eine Stimmung versetzen, die danach verlangte, den Intimbereich mit neonfarbener Kunstfaser blitzschnell attraktiv umzudekorieren? Ich wurde nachdenklich. Sanguinikerinnen schienen nicht zu meinem Beuteschema zu gehören, denn ich hatte noch keinem One-night-Stand »Night-delight« in neonrosa von den Hüften streifen dürfen.

Plötzlicher Wäschewechsel war ein Problem, das die Melancholikerin gar nicht erst hatte. Aufgrund des ihr eigenen Pessimismus kam sie selten dazu, mehr als Worte zu wechseln. Ihr streckte in Schublade drei der »chinesische Lustfinger« eifrig seine zahlreichen Silikon-Noppen entgegen, weil er wusste, dass Melancholikerinnen ihren neuen Eroberungen technisch meist nicht viel zutrauten.

Erst kürzlich hatte mir eine Freundin anvertraut, dass sie im Bett einer Melancholikerin gelandet war, die den Sex mit den Worten: »Ich komme nie beim ersten Mal« eröffnet hatte. Sie hatte recht behalten.

Die Cholerikerin schließlich hatte zwar ihren Zyklus unter Kontrolle, die passende Wäsche an und vertraute auf die eigene Orgasmusfähigkeit, aber eindeutige Angebote einzelner Herren vor der Tür ließen ihr unruhiges Blut heiß sieden. Hier half ihr Travel-Pussy, die künstliche Vagina aus Schublade vier dabei, den überraschten Volltrotteln (Komisch, in Pornos sind Lesben immer viel freundlicher) unmissverständlich klar zu machen, wie der Abend für sie weitergehen würde.

Gut, dass ich an diesem Punkt nur noch wenige Meter von der Erlösung entfernt war, denn die Sprünge in den Kacheln schienen mir zunehmend verborgene fraktale Muster freizugeben und die Sanguinikerin vor mir zog immer wieder unruhig ihre Frotteeunterhose aus der Poritze.
Das war meine Chance.
Hoffentlich hatte sie vier Euro klein.

Programmvorschau

Egal, wie hell das Licht Ihrer jungen Liebe in den ersten Wochen das Licht aller Neonreklamen im Umkreis von 50 km überstrahlt hat, egal, wie Sie gemeinsam mit den Wunderkerzen vor Leidenschaft um die Wette gesprüht haben:
Der Tag kommt, an dem sie nicht mehr kommen wollen.
Oder nicht mehr so oft.
Oder nicht gerade jetzt.
Oder nicht immer so.

Kein Grund zur Panik und zum überstürzten Austausch der Lebensgefährtin. Sie haben einfach nur die Tatortphase jeder Beziehung erreicht. Tatort, das klingt spannend, ist es aber nicht! Denn Sie haben die Tatortphase dann erreicht, wenn Ihr Sexleben von den deutschen Sehgewohnheiten bei der gleichnamigen Krimiserie kaum noch zu unterscheiden ist. Wie darf man sich das vorstellen?, fragen Sie jetzt erstaunt, denn natürlich haben wir alle diese Phase noch nie erlebt und müssen uns das deshalb vorstellen.

Nun, das sieht so aus:
In der Tatortphase hat man Sex an jedem Sonntag zur gleichen Zeit, obwohl keine von Ihnen mehr genau weiß, warum sie das eigentlich machen, und Sie beide ständig das Gefühl haben, dass früher alles viel spannender war. Sie wissen schon nach dem ersten Kuss genau, wie das Ganze weitergehen wird, und Sie sind ehrlich überrascht, wenn es mal richtig aufregend wird und/oder furios endet. … und nein, es macht es auch nicht besser, wenn das Ganze bei Ihnen an jedem Mittwoch stattfindet.

Nüchtern betrachtet lässt sich traurigerweise jede erotische Beziehung in verschiedene TV-Phasen einteilen. Und damit auch kinderleicht vorhersagen.
Alles beginnt mit der Viva- oder MTV-Phase. Zusammen ist man jung, man ist bunt und so mutig. Überall ist Musik. Tage und Nächte sind Orgien aus ineinanderlaufenden Farben und wilden Klängen. Jede Berührung ein perfektes Saxofonsolo, jede Trennung eine experimentelle Jazzimprovisation am Schlagzeug, jeder Streit ein Death-Metal-Konzeptalbum. Man ist so frei, alles ist aufregend und schnell und man stößt abwechselnd Juchzer und Seufzer aus, die erstaunlich nach den vorderen Reihen bei einem Boybandkonzert klingen.

Diese Phase geht nahtlos über in die ebenfalls noch ziemlich farbenfrohe »Sendung-mit-der-Maus-Phase.« Hier ist alles Entdeckung und alles so überraschend wie der Weg der zweifarbigen Zahnpasta in die enge Tube. Learning-by-doing ist das Motto und das »doing« nimmt immer noch große Zeiträume ein.
Was geht wo noch besser und gefühlvoller rein?
Was geht wo unfallfrei wieder raus?
Geht das auch im Stehen?
Welche Stellungen kann man überhaupt einnehmen, ohne danach einem Osteopathen und einem Masseur eine neue Villa in der Toskana zu finanzieren?
Hier immer reiben?
Da nie?
Hier fester beißen?
Da wirklich nicht kitzeln?
Wirklich nicht?
Aua!
Okay, wirklich nicht.

Man lernt spielerisch wichtige Dinge und wird nicht müde, die komplette Hautfläche eines anderen Körpers als Terra incognita zu betrachten und nur mit etwas Silikon oder Kautschuk oder Seil bewaffnet und mit wenig Leder oder Seide oder Federn bekleidet mutig neue Gebiete zu erobern. Auch sonst erobert man neue Räume und stellt fest, dass eine Ikea-Anrichte erstaunlich viel, ein Ikeatisch dagegen erstaunlich wenig aushält. Dass Steinböden auf die Dauer echt kalt werden und die Handtuchheizung zwar warm ist, aber einem ein unschönes Streifenmuster in den Rücken brennen kann. Ach ja, und man begreift einen Orgasmus zu spät, dass der eingezäunte Spielplatz mit der großen Schaukel vor dem verlassenen Einkaufszentrum trotzdem öffentlich ist, und dass bestimmte Arten von »Schaukeln« in der Öffentlichkeit mit Freiheitsentzug bis zu einem Jahr bestraft werden können, aber meistens mit einer Geldstrafe enden. Stundenlang buchstabiert man sich so begeistert durch das Alphabet der Lust.

Die meisten kommen allerdings nicht bis Z.
Denn langsam schleicht sich der allmächtige Alltag in das ganze Schaukeln und Stöhnen und Kartographieren und Tische-Zervögeln. Und die Tatortphase beginnt, und bis man das begriffen hat, hat sie schon ihre ganze träge Kraft entfaltet.
Schon wieder Sonntag?
Echt?

Jetzt gilt es, die handgefühlten Landkarten zu entstauben und Kurs zu nehmen auf alles, was noch unerforscht blieb. Denn sonst lauert schon die Wort-zum-Sonntag-Phase, in der Sex nur noch eine melancholische Erinnerung ist und die aus regelmäßigen einvernehmlichen Gesprächen über den eigentlichen Sinn des Lebens besteht, nach denen man moralisch neu inspiriert und beruhigt schlafen kann.

Lassen Sie das nicht zu! Denken Sie nach über Swingen mit den beiden jungen Frauen aus dem Nebenhaus. Aber bevor sie vorschnell ihre Partnerin mit den noch so experimentierfreudigen Mittzwanzigern tauschen, machen Sie sich klar, dass die beiden sich im letzten Jahr zu Silvester den Fonduetopf und das Racletteset geliehen haben und bis heute keinerlei Anstalten gemacht haben, beides zurückzugeben.

Märchenhaft

In meinem Sarg aus klarem Glas,
Lieg ich ganz still seit vielen Tagen.
Der Apfel nimmt mir alle Luft,
Ich hatte dir so viel zu sagen.

Im hohen, treppenlosen Turm,
Sitz ich allein seit vielen Nächten,
Selbst wenn ich wüsste, du kämst her,
Ich könnte keinen Zopf mehr flechten.

Die Dornen draußen ranken,
Vom Boden fast schon bis ans Dach
Du kommst auch nicht in hundert Jahren
Und niemand küsst mich jetzt mehr wach

Und ich kann tausend gläserne Schuhe verlieren,
Und ich kann immer neue Frösche werfen,
Und Rudeln von listigen Wölfen entrinnen,
Und Brotkrumen streuen,
Und Sterntaler fangen,
Und in glühenden Schuhen bis zum Morgen gelangen.
Um Mitternacht wird doch die Glocke schlagen,
Und unsere Kutsche wird Kürbis und wird uns nicht tragen.

Eine kurze Geschichte der Welt ohne dich

Ich bin nicht nachtragend, wirklich nicht. Was hätte ich dir auch nachtragen sollen, du hast ja die wenigen Sachen, die du in meiner Wohnung verteilt hattest, wieder mitgenommen. Das hat mich zum Nachdenken gebracht und im Affekt auch zum Nachwerfen. Du hast davon gar nichts mitbekommen, weil ich die Tasse mit deinem Namen erst geworfen habe, als auch die Haustür zwei Etagen tiefer hinter dir ins Schloss gefallen ist. Seitdem liegt dein Name in kleinen Porzellansplittern auf dem Boden, und ihr Name hängt wie ein schlechter Geruch in der Luft.

Es fühlt sich an, als hätte irgendwo zwischen ihrem Namen auf deinen Lippen, meiner Hand in deinem Gesicht und der zerschellten Tasse eine neue Zeitrechnung begonnen. Jetzt schreiben wir das Jahr 2015 nach Christus und die Stunde 25 nach dir. Da mit deiner Wiederauferstehung nicht zu rechnen ist, habe ich deutlich mehr als drei Tage Zeit, um mich an diese neue Ordnung der Dinge zu gewöhnen. Und an den Schmerz und die Nächte, die aus dunklen Stunden bestehen, die nicht vergehen, sondern träge herumsitzen, und deren Minuten und Sekunden mich mitleidig anstarren. Ich blättere in Geschichtsbüchern und wünsche mich in eine Zeit ohne Zeitmessung und ohne Zeitgefühl.

Ich vermute, in der frühen Steinzeit hätte ich mich nicht so hilflos gefühlt. Bis zur Erfindung der ersten Uhr hätte ich noch das ein oder andere Jahrtausend Zeit gehabt, was ich nicht gewusst hätte, da der erste Kalender auch noch ein wenig auf sich hätte warten lassen. Dafür gab es in diesen ungemessenen Zeiten all diese stumpfen Gegenstände, die gut in der Hand lagen.
Verführerisch.
In der Steinzeit hättest du auch die Tür nicht so laut und endgültig hinter dir zuwerfen können, weil wir in unserer Höhle ja keine Tür gehabt hätten. Und mir wären deine vielen Ausreden und Erklärungen erspart geblieben, denn du hättest ja gar nicht sprechen können. Mit einem schuldbewussten Grunzen hättest du dir wahrscheinlich an einem dunstigen Herbstmorgen dein Fellkleid glatt gestrichen und wärst eine Höhle weiter gezogen, um in Zukunft Früchte und Nüsse für eine mit einer noch flacheren Stirn zu sammeln.
Ich denke, ich hätte trotzdem nicht nach dem formschönen Faustkeil gegriffen.

Ich hätte stattdessen einfach noch vor dem Winter gelernt, das Feuer zu kontrollieren, und ansatzlos das Rad erfunden. Dann hätte ich meine Vorräte auf einem kleinen Karren, an dem sich links und rechts das erste und das zweite Rad der Menschheitsgeschichte gedreht hätten, weggerollt. Vorbei an dir und ihr und euren unvorteilhaft weit geöffneten, staunenden Mündern. Und ich hätte mir später an meinem knisternden Feuer einen kalten Winter lang vorgestellt, wie ihr in eurer zugigen Höhle die wulstigen Augenbrauen aneinanderlegt und erfriert. Oder von einem Säbelzahntiger gefressen werdet. Beim Erfrieren.
Im Frühjahr hätte ich mir dann aus den vielen kleinen und großen, sauber abgenagten Knöchelchen und Knochen deiner Arme und Hände, die mich so zärtlich gehalten haben, ein Windspiel gemacht und es ganz hoch in meinen Höhleneingang gehängt. Der hohle Klang hätte mich noch Jahre an dich erinnert. Und dann hätte ich in meiner warmen kuscheligen Höhle unsere ganze Geschichte an die Wand gemalt. Ich hätte unseren Sommer gemalt und dein Lachen und deinen Betrug und ganz klein sie, mit der fliehenden, flachen Stirn, und ganz groß den Tiger, und all das wäre Jahrtausende später von eifrigen Archäologinnen vollkommen falsch interpretiert worden. Aber das wäre mir ja dann egal gewesen.
So wie ich dir egal bin.

Ich kann mir das Ganze in meinem zähen Zeitsumpf zwischen Mitternacht und zwei Uhr morgens auch ägyptisch vorstellen. Statt dieser kurzen SMS, die du mir auf meine vielen Fragen hin geschickt hast und die ich so schlecht lesen konnte, weil das Display von meinen unruhigen Fingerspitzen so verschmiert war, hättest du mir damals wahrscheinlich eine Papyrusrolle vor meine kleine Hütte zwischen dem Palmenhain und der halbfertigen Pyramide gelegt. Auf der hätte mir eine fein gezeichnete Mischung aus Falken, Augen und Eulen gut leserlich verkündet, dass du den Nil hinabziehen willst, um einer schönen Nubierin zu folgen. Aber ihr wärt nicht bis zum Nil gekommen, denn schon vorher hätten euch die Soldaten der Pharaonin dank eines Tipps von mir zum Bau der Grabkammer eingeteilt. Ich hätte sicher auch durchblicken lassen, dass ihr nicht nur euer ganzes gemeinsames Leben lang mauern wollt, sondern es auch nicht abwarten könnt, sie im Bedarfsfall ansatzlos auf ihrer Reise ins Jenseits zu begleiten. Vielleicht wäre mir das aber auch zu wenig dramatisch gewesen und ich hätte den immer schnell zu drastischen Maßnahmen bereiten Gott des alten Testaments um eine personalisierte Zwei-Personen-Plage gebeten. Oder ich hätte euch mit Moses auf die lange Wanderung nach Hause geschickt. Aber ganz, ganz ans Ende der Karawane, und ich hätte dafür gesorgt, dass Moses die Arme ein wenig früher müde werden und das rote Meer knapp hinter dem Letzten der Israeliten und genau über euch wieder zusammenschlägt. Das wäre Moses natürlich peinlich gewesen, und bis in die Bibel hätte es diese kleine Fußnote deshalb zu Recht nicht geschafft. Ich hätte derweil mit einer der schönen Pharaoninnen an ein paar Datteln genascht oder in Eselsmilch gebadet. Und dann wären wir nach Rom zum Toga-Shopping gesegelt.

Hier, in der dattelarmen Realität deiner kurzen digitalen Abschiedsfloskeln, ist die Eselsmilch zum Baden zu teuer, und ich muss mich am Morgen zwingen, überhaupt zu duschen und vor die Tür zu gehen. Draußen fürchte ich, dich zu treffen, und bin dann enttäuscht, dich nicht getroffen zu haben. Und das wird noch Wochen so gehen.

Im Mittelalter hätte ich weder fürchten noch hoffen müssen. Ich hätte dich einfach rechtzeitig für einen Kreuzzug anmelden können. Du gefielst dir in der letzten Zeit doch so gut in der Rolle der freien, wilden Heldin. Wahrscheinlich hätten dir die eiserne Rüstung und das Kettenhemd sogar gut gestanden, aber du hättest auf dem langen Weg nach Jerusalem sicher schlimme Druckstellen an den Schultern bekommen. Oder irgendetwas hätte im Regen zu rosten angefangen. Und deine Frisur hätte extrem unter dem schweren Helm gelitten.

Wäre sie dir und deinen platten Haaren dann wohl auch durch ganz Europa gefolgt? Oder hätte eure ach so perfekte körperliche und geistige Verbindung irgendwo zwischen Darmstadt und Damaskus, körperlich überanstrengt, den Geist aufgegeben?

Der Tag der zerschellten Tasse rückt zeitlich immer weiter weg, und ich komme dem, was ich vor dir war, von Epoche zu Epoche näher.

Nächste Woche kann ich dich schon kurz vor der Entdeckung Amerikas in die falsche Richtung segeln lassen, weshalb du dann den Rest deiner Tage auf einem winzigen Eiland nach Trinkwasser und dem Sinn des Lebens suchen darfst. Und der Kontinent niemals deinen Namen tragen wird. Deinen Namen, der immer noch als scharfkantiges Scherbenpuzzle in meiner Küche liegt.
Und dann lasse ich dich Eisenbahnschienen verlegen Tag und Nacht, von der Ost- bis an die weit entfernte Westküste des Landes, das du nicht entdeckt hast und nicht benennen durftest.
Und schon bald werde ich die NASA bitten, dich und nicht Buzz Aldrin zum Mond zu schießen, und ich werde Neil Armstrong bitten, seinen wichtigen Satz zu sagen und mir dabei zuzuzwinkern und dich bei der Rückkehr im Meer der Stille zu vergessen.

Und dann werde ich die Scherben der Tasse zusammenfegen und tanzen gehen.

Gib mir dein Wort

Ich irre ohne Kompass durch deinen Phrasendschungel
Und Sätze peitschen mir wie Äste ins Gesicht.
Wär' das ein Film, dann könnt' ich mich
Von diesen Ästen schwingen
Und würde landen,
Wo das Dickicht bricht.

Wenn du redest, wuchern Klippen aus bizarren Worten,
Und eine Nebelwand aus Schuld erschwert mir meinen Blick,
Ich such nach dir, zwischen all den Worten
Ich such nach uns
Und finde nicht zurück.
Wär' das ein Buch, hätte ich wohl Schiffe
Und Segel, die mich weit weg zieh'n,
Und meine Mannschaft würde spöttisch singen
Und deine Schergen würden feige flieh'n.

Dass wir Freunde bleiben sollen,
Das hast du doch nicht wirklich so gesagt?
Und ob ich ohne dich klar komme,
Das hast du mich jetzt nicht noch laut gefragt?

Dass wir eine Pause brauchen,
Hängt immer noch im Raum.
Und dass du dich noch finden musst,
Klingt wie in einem Traum.

Dass es nicht an mir liegt, das glaub ich dir sogar
Dass es so viel besser für uns beide ist,
Machst du mit jedem Wort mehr wahr.

Zwischen den Zeilen

Ich habe dich aus meiner Kleidung gewaschen, zuerst in 30 und 60 und später auch in 90 Grad, obwohl das ökologisch nicht sinnvoll war und dem Wollpullover, den du mir zu Weihnachten geschenkt hattest, nicht bekommen ist. Er hat sich in etwas Kleines, Filziges verwandelt, das auf eine schmuddelige Art hilflos und weich aussah, sich aber kratzig anfühlte. Ich habe bei jedem neuen Waschgang alle Bunt-und Vollwaschmittel, die mir porentiefe Reinheit versprachen, gemischt und zur Sicherheit alles doppelt weichgespült. Ich habe Schnell-, Haupt-, Vor- und Woll-Waschgänge kombiniert und alles mit einem Schleuderprogramm beendet, das wie ein abstürzendes Flugzeug klang und ein leeres Glas vom Küchentisch vibriert hat.

Die schwarz-weiße Bettwäsche mit dem expressiven Blumenmuster, in der wir die erste Nacht verbracht hatten, habe ich zusammen mit den viel zu roten Socken, die du mir lachend geschenkt hast, gewaschen. Schmutzig rosa, wie sie jetzt ist, deckt sie im Keller mein altes Fahrrad ab und nimmt an den Rändern langsam die Flecken der gräulich, feuchten Wand an.

Ich habe dich aus meinem warmen Wintermantel reinigen lassen und dich aus meinen Schuhen gebürstet. Ganz altmodisch habe ich dich aus den Kissen und den Sesseln geklopft und dabei einen blauen Knopf von deinem Pullover gefunden. Wir hatten beide nicht gemerkt, dass du ihn verloren hattest, damals als ich dir den Pullover in der ungeschickten Eile der Leidenschaft über den Kopf gezogen hatte und die angedeutete Knopfleiste dabei an deinem linken Ohrring hängen geblieben war.

Der kleine Knopf hat mich erleichtert angeblinzelt als ich ihn aus der Dunkelheit der Polster befreit habe, und später, auf seinem kurzen Flug durch die warme Sommerluft, hat er geschmunzelt, bevor er fast geräuschlos im großen Fluss versunken ist. Da hat der Blumentopf, den du im letzten Frühling mit all meinen Lieblingsblumen bepflanzt hattest, wesentlich mehr Lärm gemacht. Aber den habe ich ja auch mit dem Hammer zerschlagen.

Ich habe dich zusammen mit dem Staub aus den Regalen gewischt und die unsichtbaren Umrisse deiner Schuhsohlen von den Böden geschrubbt. Ich habe dich aus den Spiegeln poliert und den Schränken geräumt.

Doch ich kann dich nicht aus den Liedern vertreiben,
Ich weiß nicht, warum das so ist,
Warum sie von dem, was wir waren, singen,
Und nicht von dem, was du bist.

Du lauerst in Texten,
Du springst aus Akkorden
Und ich will Zeilen zertreten
Und Worte ermorden.

Wie hungrige Mücken schwirren Noten um meinen Kopf
Und ich lausche ihnen, ohne dass ich das will.
Und ich kann ihren Stichen nicht entkommen
Und nichts was ich tue, macht sie still.

Ich habe dich aus meinem Telefon vertrieben. Erst deinen Namen, dann deine Nummer, dann deine Adresse. Ich habe deine Daten auf allen Diensten, die wir benutzt haben, gelöscht. Und dabei viele Nachrichten gefunden, die ich schon vergessen hatte. Ich habe alle deine SMS noch einmal einzeln gelesen, Stunde für Stunde, Tag für Tag, Monat für Monat, Jahr für Jahr. Von der letzten, bis zu allerersten. Und rückwärts lesend hast du mich immer mehr und mehr und wilder und frecher und lustiger geliebt. Die letzte Nachricht, die ich gelesen und gelöscht habe war die erste, die du mir je geschrieben hast. Sie war so unschuldig, so vorsichtig und fröhlich und voller Hoffnung, so weit weg von deiner letzten Nachricht. Ich war froh, dass die beiden in ihrer langen Liste so weit auseinanderlagen, dass sie sich nie getroffen haben. Ich habe unsere Facebookfreundschaft beendet, nicht ohne zu sehen, wie oft wir unsere Daten gleichzeitig am gleichen Ort erfassen ließen. Wir wurden auf hohen Bergen, auf fahrenden Schiffen, an einsamen Stränden und immer und immer wieder beim Essen markiert, geortet und erfasst. Ich folge dir bei Twitter nicht mehr. Deine Mails habe ich in einen Ordner gepackt, ihn rot markiert und dann in den Quarantänebereich zu den Viren und den Trojanern verschoben.

Doch ich kann dich nicht aus den Liedern vertreiben,
Ich weiß nicht, warum das so ist,
Warum sie von dem, was wir waren, singen
Und nicht von dem, was du bist.

Wie schaffst du es bloß, dass so viel echter Mist
Wie für uns geschrieben klingt,
Und dass mich ein unfassbar schlechter Refrain
Um all meine Fassung bringt?

Ich besitze nur noch halbe Bilder oder Gruppenfotos, in denen ein Loch klafft. Mit all ihren schrägen Kanten und überraschenden Lücken wirken sie wie Teile eines Puzzles, das sich nie wieder zu einem Bild fügen lässt. Ich betrachte meine Arme, die mal am Ellenbogen, mal an der Schulter und nur einmal am Handgelenk mit schnellen Scherenschnitten amputiert werden mussten, damit sie sich nicht länger um dich legten. Ich sehe meinen Kopf, der jetzt verträumt und ahnungslos an einer Schnittkante ruht, statt an deinem weichen Haar.

Wie kannst gerade du in den Texten leben?
Warum reimt sich dein Name so arglos auf Liebe und Lachen?
Er müsste sich doch auf Schlagbohrer reimen
Und auch solche Töne machen.

Berufsrisiko

»So geht das nicht, Liebeskummer«, sagte sie und der Liebeskummer schaute überrascht auf, weil sie ihn zum ersten Mal direkt angesprochen hatte.

Seit er eingezogen war, hatten sie noch kein Wort miteinander gewechselt. Er kannte das. Die Wucht, mit der er auftrat, machte die Stärksten hilflos. Kaum jemand versuchte mit ihm zu argumentieren, die meisten überließen ihm das Feld. So war es auch hier gewesen. Er war aus dem Nichts aufgetaucht, hatte sich schnell ausgebreitet und sofort an die Arbeit gemacht. Zuerst die Routinesachen: den Magen verengen, Adrenalin in Mengen ausschütten und die Tränendrüsen auf Dauerbetrieb stellen. Dann die Feinheiten: Interessen, Hobbys, Zukunftspläne in einen dunklen Raum sperren und betäuben.
Das alles hatte ohne Gegenwehr geklappt und das erfüllte ihn mit Stolz. Er stellte dem Gehirn über Tag eine Mischung aus schönen Erinnerungen und eifersüchtigen Befürchtungen zum Betrieb in einer Endlosschleife zur Verfügung. In seinem

bequemen Hauptquartier mitten im Sonnengeflecht sah er sich selber vor allem die Erinnerungen gerne mit an. Sie waren ein schöner Anblick, die arglosen Liebenden in ihren zerbrechlichen Glücksblasen. Ihre Schwüre, ihre Versprechungen so sicher, ihre zerbrechliche Ewigkeit so kurz. Sie waren so unverwundbar in ihrem Taumel und so dumm.
Den Schlaf hielt er immer dicht in seiner Nähe an einer kurzen Kette und ließ ihn nur für wenige Stunden seine Arbeit tun. Je nach Lust und Laune, unterbrach er ihn mit guten und schlechten Träumen oder ließ ihn so erholsam und ruhig sein, dass das Erwachen zur grausamen Erkenntnis wurde. Das waren seine Meisterstücke, diese wenigen Sekunden unbeschwerten Glücks nach dem Aufwachen zu zelebrieren und dann mit voller Wucht zuschlagen.

Nach Sichtung der Sachlage war er sicher, dass er mindestens noch ein paar weitere Wochen hierbleiben konnte. Das war wieder eine von diesen wirklich glücklichen Liebesgeschichten gewesen und das Ende war deshalb, für mindestens eine der Beteiligten, so überraschend wie unerträglich. Der Verstand, der sich versteckt hielt und nicht fangen ließ, hatte ihm atemlos zugeflüstert, dass seine Besitzerin ihn während langer Phasen des vergangenen Glücks einfach abgeschaltet hatte. Liebeskummer konnte hören, dass er ein wenig schuldbewusst war, weil er ihr am Ende zu diesem Schritt heraus aus dem Glück geraten hatte. Aus Eifersucht, wie er kleinlaut zugab. Weil sie so viel Zeit ohne ihn verbracht hatte.

»Ich bin dir dankbar«, flüsterte Liebeskummer, »ohne dich würde es mich jetzt nicht geben.«

Für ihn waren das die schönsten Aufgaben. Menschen, die wirklich geliebt hatten, denen konnte er das volle Programm bieten. Er konnte Wochen, manchmal Monate, bleiben und sich sogar kleine Extras einfallen lassen. Ein bisschen Fieber vielleicht, Atemnot oder Schüttelfrost. Er konnte in den Nächten davon sprechen, wie es wäre, um das verlorene Glück zu kämpfen, und die Kampfeslust dann bei Tag in wohldosiertem Selbstmitleid ertränken.

Und dann sprach sie ihn an. Zuerst nur kurz und wütend, aber er mochte das nicht, er wollte seine Arbeit ungestört tun. Also bescherte er ihr zwei schreckliche Nächte und gab ihr am Tag genug zu grübeln. Aber sie richtete wieder das Wort direkt an ihn.

»Ich will dich hier nicht mehr!«, sagte sie laut und klar. Woher hatte sie diese Sicherheit? Da steckte bestimmt dieser Verstand mit seinem schlechten Gewissen dahinter. Er sah sich um, konnte den feigen Verräter aber nirgends entdecken. Das war nicht gut. Wenn die beiden sich zusammentaten, würde es für ihn schwerer werden. Er musste sich wieder eingestehen, dass er diese spezielle Aufgabe sehr mochte.

Hier hatte es die großen Emotionen gegeben, hier musste es auch die großen Schmerzen geben.

»Ist sie es dir denn nicht wert, so zu leiden?«, raunte er ihr in einem nächtlichen Traum vom unbeschwerten Glück verführerisch ins Ohr und erfreute sich an ihrem schmerzvollen Aufstöhnen.

»Sie ist es mir wert, nach einem guten Weg zu suchen«, antwortete sie am Morgen. »Hörst du mich? Ich kann das nicht, solange du da bist.«

Er war fast versucht, ihr direkt zu antworten, so wütend war er, aber er ließ stattdessen ihren Magen krampfen und die Hände kalt werden.

Am nächsten Morgen sah er hilflos zu, wie sie sich ohne Appetit ein Brot machte und es demonstrativ aufaß. Dann rief sie eine Freundin an und verabredetet sich für einen Spaziergang. Er wurde nervös und stieß hektisch die Eifersuchtsgedanken, die er sorgfältig gestapelt hatte, um sie zielgerichtet einsetzen zu können, um. Sie rutschten und verschwanden in kleine und große Gehirnwindungen. Er fluchte, denn es würde ewig dauern, die wieder alle zusammenzusuchen.

»So viel Zeit lass ich dir nicht mehr«, sagte sie ganz laut. Ganz sicher.

Wieso konnte sie ihn bei der Arbeit sehen? Das durfte nicht sein. Er schrie viel zu laut und zu

schrill: »Sie ist weg, verstehst du? Du hast sie für immer verloren.«
»Das weiß ich und damit werde ich leben.«
Er wimmerte leise. »Ich bin das natürliche Ende der Liebe, so muss es sein.«
»Nein, muss es nicht«, sagte sie, schmierte sich ein zweites Brot und fühlte sich zum ersten Mal seit langer Zeit wieder gut.

Die Sonne lacht

Es war in jedem Jahr das Gleiche. Es wurde Frühling und die Sonne, die den Winter über als blasse Scheibe einen 400€-Job im Bereich Tageslicht gehabt hatte, wurde wieder Vollzeit eingestellt und direkt befördert.
Und von da an war sie für alles zuständig. Licht, Wärme, Freizeitgestaltung und Beziehungsanbahnung.
In diesem Jahr hatte ich sie eigentlich ignorieren wollen, aber sie stand an ihrem ersten vollen Arbeitstag strahlend und voller Tatendrang auf meinem Balkon und blinzelte durch die Scheibe.
»Nicht interessiert«, sagte ich, weil das bei den Zeugen Jehovas auch immer funktionierte. Aber obwohl die zu zweit waren und die Sonne nur allein, ließ sie sich nicht vertreiben.
»Was denn??« Ich öffnete unwillig das Fenster und sie fiel leicht überrascht auf meinen schlecht gewischten Parkettboden.
»Gott, bist du muffig. Und blass. Dir fehlt Sonne.« Sie wurde vor Freude über ihren Scherz ein wenig heller und das brachte die Putzstreifen auf dem

Boden deutlich besser zur Geltung. Ich ließ das Rollo ein wenig hinab und zerteilte sie damit in unzählige Einzelstreifen.
»Hey, das ist nicht nötig. Was habe ich dir denn getan?« Die Sonne war gleichzeitig gut gespielte und sorgfältig gestreifte Unschuld.
Mir konnte sie allerdings nichts vormachen. »Haben wir das nicht schon im letzten Jahr geklärt? Ich sage nur Mountainbike.«
»Ich hatte nicht gesagt, dass du diesen Berg runterfahren sollst. Ich hatte im letzten Frühling nur zu einem neuen Hobby geraten. Menschen lernen sich beim Sport kennen. Ich sehe das oft.«
»Ja, manche Menschen lernen sich beim Sport kennen. Andere Menschen stürzen auf Schotterwegen und lernen die Notaufnahme kennen.«
Die Sonne strahlte mich arglos an. »Du hast dir doch keinen wichtigen Knochen gebrochen.«
Ich verzog das Gesicht. »Die Unwichtigen tun auch weh und ich merke jetzt jeden Wetterwechsel im rechten Fuß!«
»Ist doch praktisch, da kann dich der Regen nicht mehr überraschen. Die Fähigkeit der Wettervorhersage hättest du vor drei Jahren bei dieser ›romantischen‹ Schlauchboottour gut gebrauchen können.« Sie umrahmte das Wort »romantisch« in der Luft mit kleinen, goldenen Anführungszeichen, und man merkte ihrem Strahlen an, dass sie von ihrer lahmen Ironie begeistert war.

»Du bist sehr witzig! Da hätte ich dich gut gebrauchen können.«
»Ich glaube, sie hat sich nach der Tour nicht nur wegen des Regens nicht mehr bei dir gemeldet.«
Die Sonne ließ ein paar Wolken vorbeiziehen, die ein Muster auf den Boden zeichneten. Es hätte das Profil meiner im wahrsten Sinne des Wortes »Verflossenen« sein können oder ein Rohrschachtest, der mir eine viel zu rege Fantasie bescheinigte.

Einige Staubflusen, die bis jetzt anmutig im Sonnenlicht getanzt hatten, sanken wie auf Befehl bedeutungsschwer auf der Headline eines Magazins neben meinem Sofa zusammen.

»Schlank dank Steinzeit-Diät« stand da. Ich seufzte, aber konnte nicht verhindern, dass ich mich durch den Artikel blätterte. Die Sonne sah mir über die Schulter hinweg dabei begeistert zu.

»Die Paleo-Diät orientiert sich an der Ernährung unserer Vorfahren in der Steinzeit. Alles, was erjagt (Fleisch, Fisch, Wild) oder gesammelt (Früchte, Gemüse, Eier, Beeren, Pilze) werden kann, ist erlaubt«, las sie laut mit. Ich ließ sie lesen, denn meine sonnenwarme Schulter begann mir zu gefallen.

»Das würde mich nicht schlanker machen, sondern töten. Sag mir, welches Tier mir wohl auf freier

Strecke nicht entkommen würde. Ein Igel vielleicht nicht, aber ich würde keine Igel essen.« Ich schüttelte mich bei der Vorstellung.
»Du nimmst das zu wörtlich. Du hast ja auch das Wort Mountainbike viel zu ernst genommen.«

Die Sonne sah sich um. »Oh, sie hat dir geschrieben.« Einer ihrer Sonnenstrahlen fuhr die wenigen Zeilen der Karte entlang, die dort am Regal seit Weihnachten lehnte.
»Das ist nur eine Weihnachtskarte.«
»Glaubst du, sie schickt allen Frauen, die sie am Fuße eines Hügels bewusstlos neben ihrem Rad findet, eine Weihnachtskarte?«
»Am Fuße eines Berges!« Ich hörte, dass meine Stimme schnippisch klang.
»Sah von hier oben kleiner aus.« Die Stimme der Sonne auch.
»Hast du denn geantwortet?« Sie stand jetzt schon ein bisschen höher und ließ ihre Strahlen suchend durch den ganzen Raum tanzen.
»Ja.«
»Und sie hat auch wieder geantwortet?«
»Ja, zu Ostern.«
»Wo ist die Karte?«
»In meiner Tasche.«
»Zusammen mit der Antwort, die du noch nicht abgeschickt hast?«
Ich nickte ergeben.

»Gut, dann machen wir das jetzt zusammen.« Sie leuchtete für einen Moment so hell, dass ich blinzeln musste.
»Das ist doch Wochen her.«
»Wochen.« Sie sagte das in einem Tonfall, der mich die gesamten 4,5 Milliarden Jahre, die sie diesen Job schon machte, spüren ließ. »Du kannst es dir aussuchen, entweder du schickst jetzt diese Karte mit einem Vorschlag für ein Treffen und deiner Telefonnummer ab, oder wir gehen direkt zum nächsten Klettergarten.«

Gebrochenes Herz oder gebrochene Knochen, das schienen mal wieder meine sommerlichen Alternativen zu sein.
»Okay, ich schicke die Karte ab und du scheinst, falls wir uns wirklich treffen sollten.«
»Ich versuche es und wenn es regnen sollte, merkst du das ja rechtzeitig im Fuß.«
Sie lachte noch einmal über sich selber und verschwand hinter einer dicken weißen Wolke.

Love Me, Tinder

Hier ist meine persönliche Statistik: Spannende Dates und prickelnde Erotik finde ich bei Frauen, die in kleineren Städten mit Fachwerkaltstadt wohnen, in Großstädten trinke ich bei Verabredungen nur viel zu viel Latte Macchiato mit Sojamilch.
Warum das so ist? Keine Ahnung!
Woher ich das weiß? Tinder!

Aber ich sollte vielleicht vorne anfangen: Neue Smartphone-Apps interessieren mich immer und ich muss alles ausprobieren, was man antippen kann. Ich beobachte den gestauten Verkehr auf weit entfernten Autobahnen, folge der Flugbahn von Sternen und Flugzeugen und begrabe meine Fotos unter unzähligen Farbfiltern. Ich sehe, wer wann auf Twitter etwas ironisch kommentiert und wer mit wem auf Facebook etwas gegessen hat. Ich whatsäppe, instagramme und snapchätte im Wechsel.

Dank der Dating-App Tinder habe ich in den letzten Wochen auch mein Liebesleben aus den Ketten der analogen Anbahnung befreit und digital gedatet.

Was in erster Linie gut für die Gesundheit war, denn ich hing seitdem nicht mehr viel zu lange in lauten Clubs über schlecht gemischten Getränken und versuchte, einigermaßen appetitlich auszusehen, sondern ich wischte mich in bequemer Kleidung auf dem Sofa liegend durch eine endlose Flut von Möglichkeiten. Das Ganze war wie ein riesiger lesbischer Ikea-Katalog, und sogar ganz ohne Knut.
Nein, es war noch besser als blätterbare Regalwände, es war wie im Märchen. Hinter jedem Bilderwechsel konnte sie theoretisch warten, meine ganz eigene Prinzessin, Tinderella sozusagen.

Zugegeben, man muss in meinem Alter den km-Bereich großzügig einstellen, um in diesem Meer von Jugend die vereinzelten Inselgruppen der Damen Ü 40 zu finden. Aber mein Daumen war das Wischen gewöhnt und so trennte ich mit einem gezielten Daumenzucken die Spreu vom Weizen: zu jung, zu blond, zu unscharf, zu viele Sehenswürdigkeiten auf dem Foto, zu viel Profil, zu viele Exfreundinnen im Bild ... halt, die sah nett aus ... kein richtiger Name, nur zwei Buchstaben, MA, ich änderte trotzdem die Daumenrichtung und wartete nur kurze Zeit. Siehe da, der Weizen hieß Marion und hielt mich auch für verwertbares Getreide.

Wir hatten uns erwischt!

Zu ihr gesellten sich schnell noch andere potentielle Seelenverwandte, mit denen ich mehr oder weniger viel gemeinsam hatte. Und wir tippten und tippten und tippten. Esther, zum Beispiel, war mir so ähnlich, dass es fast unheimlich schien. Wir liebten die gleichen Serien und Filme und unser erster Austausch machte klar, dass wir noch viele weitere gleiche Interessen hatten. Leider war die erotische Vorliebe für Frauen nicht dabei. Ich stellte fest, dass sich das eine oder andere wichtige Detail in der Hitze des digitalen Flirtfeuers schon einmal verwischte.

MA aber wollte mich sehen, das machte sie schnell klar, und sie lockte mich mit frischer, grüner Minzbowle. Ich vermutete zwar, dass ein solches Getränk ein bisschen wie »Blendamed besoffen« schmecken würde, sagte aber zu. Schon bevor wir uns zu einem Altstadt-Bummel in Monschau trafen, wusste ich, dass es dort Fachwerk gab, ich hatte das gegooglet, ohne es zu bewerten. Auch am nächsten Morgen, als wir uns nach einer Mischung aus Menthos und Gin schmeckend, aus den Laken in den Tag küssten, dachte ich nicht an die Stadtarchitektur, sondern nur an das, was wir in der Nacht gemacht hatten. MA schickte mir auf Tinder zwei Tage später ein zwinkerndes Lächeln und den Hinweis, dass sie mit einer Bikerin zusätzliche Gemeinsamkeiten entdeckt hatte und ich wechselte auf Zahnpflegeprodukte mit Salzgeschmack

Um mich wieder erotisch zu verwickeln, traf ich Frauen in Großstädten, zweimal, dreimal, fünfmal, und wir lachten und redeten und aßen vegan und gingen getrennt nach Hause, kein Beischlaf, keine Bowle.

Tinder entfachte keine weiteren Feuer, bis Hannah aus Hattingen, die in Wirklichkeit noch viel besser als ihr Profilbild aussah, mich flott antippte. Wir schlendernden gemeinsam durch ihre Heimatstadt und ich fühlte das Prickeln wieder. Um uns herum neigten sich alte Fachwerkhäuser unter der Last ihrer Jahre, ich richtete mich glücklich auf. Am nächsten Morgen las sie mir nackt aus der Stadtgeschichte vor, während meine Hand ihre Brustwarze umkreiste.
Nach zwei weiteren Treffen wusste ich schon viel zu viel über Hannah und Hattingen und begann heimlich wieder zu wischen. Sie wischte auch, schrieb sie, und wir sollten Freunde bleiben.

Ich weiß nicht, ob ich dafür Zeit habe, denn ich wische jetzt gezielter und schaue nebenbei per Streetview nach Fachwerkhäusern. Wäre schön, wenn eine findige Programmiererin mir meine Suche mit der endgültigen Kombi-App erleichtern könnte, dem Tinder/Fachwerkfinder.

La vie en rose

»Das ist nicht dein Ernst«, sagte ich und konnte in ihren Augen sehen, dass meine Hoffnung grundlos war.

Meine Schwester grinste etwas schief und etwas schuldbewusst, so wie sie gegrinst hatte, als sie einen herrenlosen Fußball in das Küchenfenster einer Nachbarin geschossen und im Angesicht von gerechtem Zorn beschlossen hatte, die Schuld mit mir zu teilen.

»Bitte, es ist doch nicht schlimm. Du gehst da kurz rein. Schaust dich nach einer allein sitzenden Frau in unserem Alter um, sagst, dass es mir leid tut, ich aber verhindert bin. Zwei freundliche Sätze, und du bist wieder draußen! Ich finde es unhöflich, sie da so sitzen zu lassen.«

»Du bist so gut erzogen. Ich bin stolz auf dich!« Ich klopfte ihr auf die Schulter. »Geh hin und sag es ihr selber und du bekommst ein Pfadfinderabzeichen zum Aufnähen.«

Sie sah mich an, als hätte ich den Verstand verloren. »Ich kann da nicht selber hingehen! Das habe ich dir doch schon erklärt: ich bin schon auf dem

Weg nach Paris. Die Stadt der Liebe, weißt du?«
»Ich hörte davon.« In den letzten zehn Minuten hatte ich zudem viel über die neueste Eroberung meiner Schwester gehört. Das Wort Liebe war in zwölf Sätzen siebenmal gefallen, zweimal hatte sie begonnen, ein Liebeslied zu summen, eines hatte sie in einer rein phonetischen Version des französischen Originals angesungen.
»Warum textest du ihr nicht einfach?« Ich hätte noch viele andere Fragen gehabt. Zum Beispiel alle, die sich damit befassten, warum sie sich immer wieder online verabredete und dann kurz vorher offline zuschlug, aber ich hatte mich für eine praktische entschieden.
»Ich habe ihre Nummer nicht.« Unschuldiger Blick.
»Dann schick ihr eine Mail.«
»Ich habe auch keine Mailadresse. Ich habe nur über dieses Blind-Date-Datingportal mit ihr Kontakt gehabt. Kennwort »La vie en rose«. Wir haben nicht einmal Bilder ausgetauscht. Aber Texte … Gedichte … Lieder … Alles sehr prickelnd, sehr geheimnisvoll.« Sie summte *La vie en rose* in einer Fassung, die Edith Piaf im dunklen Grab nach einem großen Glas Rotwein suchen ließ. Ich suchte nach einem Ausweg, sie griff nach meiner Hand und sagte: »So etwas kann doch passieren. Du weißt doch, wie das ist.« Es folgte ein Zwinkern, das mich zur Komplizin ihrer amourösen

Verwicklungen machen sollte, mich im Moment aber eher über Straftaten im Affekt nachdenken ließ.
»Ich weiß nicht, wie DAS ist«, sagte ich schließlich müde und entzog ihr meine Hand. »Biiiiiittttteee!!« Dalia hatte wieder von inhaltslosen Argumenten zu kindlichem Flehen gewechselt, und so würde das bleiben, bis ich nachgab, etwas, das ich immer tat. Also schwebte sie eine Stunde später in einem roten Cabrio in Richtung Seineufer und ich fuhr mit einem schmutzig-gelben Bus am Rhein-Herne Kanal entlang. Eigentlich hatte ich mich auf einen ruhigen Abend mit einem Buch gefreut, jetzt konnte ich schnell einer Unbekannten das Herz brechen. Gute Alternative.

Sie fiel mir beim ersten Blick in das helle Café auf, weil sie so traurig auf die Tasse, die vor ihr auf dem Tisch stand, schaute.
Und weil sie sehr hübsch aussah.
Ich stand noch auf der anderen Straßenseite, schaute auf meine Uhr und sah, dass ich deutlich zu spät war. Jetzt war auch noch diese Ampel seit einer gefühlten Geschichtsepoche rot. Zwischen den dahin rasenden Autos sah ich, wie sie nach der Tasse griff, sie halb bis zum Mund führte und dann wieder abstellte, ohne etwas getrunken zu haben. Sicher war sie nervös, unsicher, voller vorsichtiger Hoffnung. Und sie wusste nicht, dass mit der

nächsten Grünphase statt der erhofften Prinzessin die böse Stiefschwester inklusive schlechter Nachrichten auf sie zukam. Die Ampel wurde grün, sie sah im selben Moment hoch und blickte direkt in meine Augen, ich ging wie hypnotisiert los und sah im letzten Moment einen Radfahrer, der noch schnell über den Radweg huschen wollte. In einem bizarren Balanceakt, der aus großen rudernden Armbewegungen bestand, verhinderte ich, dass ich mit ihm zusammen aufs Pflaster schlug. Ein Autofahrer applaudierte mir hinter seinem Lenkrad. Der Radfahrer huschte schuldbewusst weiter. Als ich mich traute, wieder in ihre Richtung zu schauen, sah sie längst wieder ihre Tasse an. Bei der nächsten Grünphase ging ich mit klopfendem Herzen und leicht zerbeulter Würde weiter in Richtung Eingang und behielt sie unauffällig im Auge. Hätte ich zeichnen können, hätte ich sofort alle Stifte gezückt, um den Ausdruck, der um ihre Augen lag, festzuhalten. Aber ich konnte nicht zeichnen, ich konnte nicht einmal unfallfrei die Straße überqueren und ich musste ihr jetzt die Gewissheit geben, dass die Liebe nur zwischen den nasalen Lauten in französischen Chansons existierte.

Na prima.

Es sei denn …

Es sei denn, ich würde einfach für eine Stunde zu meiner Schwester Dalia, tränke ein nettes Getränk

mit der schönen Fremden und gäbe ihr die Zeit zu bemerken, dass der französische Mailfunke nicht in die echte Welt übergesprungen war.
Ich hatte bei meiner Beinahekollision wohl mehr als mein Gleichgewicht verloren, denn mir erschien dieser Plan plötzlich äußerst sinnvoll.
Sie sah wieder auf, als ich durch die Tür in den großen Raum trat. Ihr ernster Blick fing mein Lächeln ein. Ich setzte einen Fuß vor den unsicheren anderen und schaffte es in einer einigermaßen geraden Linie bis zu ihrem Tisch. Radfahrer gab es zwischen den kleinen Tischen ja zum Glück keine.
»La vie en rose«, sagte ich und mein Mund wurde trocken.
Sie sah mich aus diesen schönen traurigen Augen verwundert an und sagte: »Je ne regrette rien. Und jetzt?«
Und jetzt? War eine sehr gute Frage.
»Trinken wir etwas«, schlug ich auf Deutsch vor. Ich hätte es gerne ganz weltgewandt auf Französisch gesagt, aber auf Französisch konnte ich nur »Haben Sie etwas zu verzollen?« sagen.
»Warum nicht?«, sagte sie und sah auf ihre volle Tasse. Ich bestellte, sie nippte an dem sicherlich schon kalten Getränk. Wir schwiegen.
Dann würde ich eben reden. Ich war ja nicht ich, schüchtern und vorsichtig. Ich war Dalia und wortgewandt
»Schmeckt der Kaffee nicht?«

Sie blickte auf die volle Tasse. »Keine Ahnung«, sagte sie dann und musste unwillkürlich lächeln. Die winzigen Falten, die sich dabei zeigten, machten sie noch ein wenig hübscher. Ich wusste plötzlich nicht mehr, wo ich meine Hände lassen sollte. Gerade hatten sie noch tatenlos auf dem kleinen Bistrotisch gelegen und jetzt benahmen sie sich wie zwei leere Teller, die noch herumstanden und darauf warteten, von irgendjemandem irgendwohin bewegt zu werden. Ich legte sie ineinander und hoffte, dass sie das beruhigte.

»So einfach hatte ich mir das nicht vorgestellt«, sagte sie in meine Handtellergedanken hinein.

»So einfach haben Sie sich was nicht vorgestellt?«, fragte ich und flocht meine unruhigen Finger zu einem sehr kleinen Teppich.

»Eine Frau kennenzulernen.«

Was sollte ich dazu sagen? Das war sehr dünnes Eis.

»Darf ich Ihren Namen wissen?« Sie stoppte meine unruhigen Hände mit einem flüchtigen Druck ihrer warmen Hand. Und jetzt war das dünne Eis auch noch geschmolzen. »Dalia«, stammelte ich.

»Schöner Name«, sagte sie. »Passt zu Ihnen.«

Ja, dachte ich, passt zu mir, aber das hatten meine Eltern anders gesehen und ihre Erstgeborene auf diesen Namen getauft. Mich hatten sie Caroline genannt. Ich konnte fühlen, wie mein Handy brummte. »Entschuldigung«, sagte ich und las die

Textnachricht, die gerade gekommen war. »Du bist von deiner Aufgabe erlöst, Schwesterherz. Habe gerade online gesehen, dass sie unseren Kontakt längst gelöscht hatte. Merci beaucoup, ma chère.«
Okay. Das waren zwei interessante Informationen. Erstens checkte Dalia auch auf dem Weg in die Stadt der Liebe noch ihre Online-Kontakte und zweitens saß ich hier mit einer völlig Fremden, die nicht auf mich gewartet hatte.
»Schlechte Nachrichten?« Sie hatte mir meine Verwirrung ganz offensichtlich angemerkt.
»Wie man es nimmt, ungewöhnlich auf jeden Fall.«
Wir sahen uns wieder an, dieses Mal länger. Und schöner. Und tiefer. Ich nahm ein wenig Mut aus dem Kontingent für wichtige Gelegenheiten und fragte: »Haben Sie heute auch eine schlechte Nachricht bekommen?«
Sie schüttelte den Kopf, griff in die Tasche, die neben ihr auf dem freien Stuhl stand, zog ein Dokument heraus und legte es auf den Tisch. Das Wort Scheidung war größer als die anderen und fett gedruckt und deshalb leicht zu erkennen.
»Heute gekommen.« Sie lächelte.
»Aha«, sagte ich, weil ich keine Buchstabenkombination kannte, mit der sich »Mir wird gerade klar, dass ich vor einer frisch geschiedenen Heterofrau sitze, die ich ungeheuer attraktiv finde« verträglich kommunizieren ließ.
»Ich bin froh, dass es vorbei ist.« Sie rollte das

Dokument mit einer energischen Handbewegung wieder zusammen und ließ es in der Tasche verschwinden.
»Sie sehen aber sehr traurig aus.« Ich blickte in ihre Augen und stellte fest, dass das nur noch zum Teil stimmte. In dem schönen Blick lag jetzt auch ein waches Interesse, das mir in die Magenwände fuhr.
»Ein Ende hat immer etwas Wehmütiges, auch wenn man es selber herbeigeführt hat, nicht wahr?«
Ich nickte und nahm noch eine große Portion Mut aus einem streng geheimen Sonderkontingent. »Es könnte auch ein Anfang sein, oder?«
»Es ist schon einer.« Wir lachten uns an, als hätten wir das gemeinsam geübt.
»Ich heiße nicht Dalia«, sagte ich. »Ich heiße Caroline und ich erkläre Ihnen später, warum ich das nicht gleich gesagt habe.«
»Später, klingt gut«, sagte sie und legte ihre Hand ganz dicht neben meine.

Regelmäßig

Strenge Regeln sind für ein gelungenes erstes Date so unglaublich wichtig, war ihr erster Gedanke, als sie am frühen Morgen die Augen aufschlug und zufrieden auf die leere Bettseite neben sich blickte.
Und die erste und wichtigste Regel war: Nie und unter keinen Umständen durfte man am Morgen *nach* dem ersten Date *mit* dem ersten Date erwachen!
Sie räkelte sich entspannt, schloss die Augen wieder und war stolz auf ihre Konsequenz. Ohne Regeln laufen die Dinge sonst zu schnell aus dem Ruder, dachte sie. Die kühle Morgenluft, die durch das geöffnete Fenster wehte, ließ sie frösteln und sie zog sich die Decke bis hoch an den Hals. Eine Gänsehaut, die wie eine kleine kühle Meereswelle über ihre Haut lief, erinnerte sie an eine Verabredung vor drei Jahren, damals in der Vorregelzeit, die mit einem sehr heißen Tee am Abend begonnen, und mit einem sehr kalten Blick am Morgen geendet hatte. Und sie musste plötzlich auch wieder an dieses andere erste Treffen in der

kleinen Eisdiele denken, das erst richtig vorbei gewesen war, als sie sich 6 Monate später beide heftig darüber stritten, wer die Speiseeismaschine, die sie noch am ersten Abend gemeinsam bestellt hatten, behalten durfte.
Ihr Kopf grub sich in kurzen Drehbewegungen unruhig tiefer ins Kissen. So etwas durfte ihr nicht mehr passieren. Und ein paar andere Sachen auch nicht. Deshalb hatte sie auch noch eine zweite Regel aufgestellt: Das Verb »lieben« und alle seine Konjugationen durften beim ersten Mal nur als Film- oder Buchtitel ausgesprochen werden.
Zweimal in den letzten drei Jahren war sie nämlich, in dem sicheren Gefühl, die große Liebe auf den allerersten Blick gefunden zu haben, neben einer Frau eingeschlafen und neben einem Zettel aufgewacht, auf dem höflich (in dem einen Fall) und grammatisch umstritten (in dem anderen Fall) erklärt wurde, was die Zettelschreiberin aus dem Bett / dem Haus / überraschend zu einem Hilfsprojekt in den Sudan getrieben hatte. Der zweite Zettel war zudem noch die unleserlich beschriebene Rückseite eines bunten Pizzaflyers gewesen, der auf der Vorderseite mit verlockenden Sonderangeboten für Singles bedruckt gewesen war. Was wiederum dazu geführt hatte, dass sie sich in ihrer Trauer eine Woche täglich von diesem Service hatte beliefern lassen. Kurz bevor der analoge Käse auch ihre letzte Arterie verkleben

konnte, und die leicht schmuddelige Pizzabotin genug Mut zusammengerafft hatte, um sie nach einer Verabredung außerhalb des Hausflurs zu fragen, hatte sie den Flyer verbrannt, sich bei Parship eingeloggt und im Fitnessstudio angemeldet.

Aus dem Fitnessstudio hatte sie sich allerdings noch in der dreimonatigen Probezeit wieder abmelden müssen. Die Cycling-Instruktorin hatte sie und die anderen vollkommen unschuldigen Spinninganfänger nach einem misslungenen romantischen Intermezzo in der studioeigenen Biosauna mit endlosen Berganstiegen, die es im Stehen zu fahren galt, gequält. Untermalt hatte sie die Doppelstunden mit einem Rammstein-Mix, in dem das Wort »Schmerz« dominierte.
Das hatte zu einer neuen Regel geführt: Die feste, feuchtglänzende Muskulatur von weiblichem Fitnessstudiopersonal durfte im Interesse der eigenen geistigen und körperlichen Gesundheit nur der optischen Motivation dienen.

Bei Parship war es etwas besser gelaufen. Dort hatte sie sich mit einer interessanten, netten Frau verabredet, die ihre Onlineverbindung noch während des Treffens gelöscht hatte. Was ihr aufgefallen war, als sie sich draußen beim Rauchen verträumt das Bild ihrer Verabredung in deren Onlineprofil hatte ansehen wollen. Als sie sich wieder an den Tisch gesetzt hatte, war ihr klar geworden, dass es für solche Online-Beleidigungen noch keine Offline-Sprachregelungen gab. Also hatte sie zwei stark alkoholhaltige Cocktails getrunken, den Sex mit der unhöflichen Fremden demonstrativ schweigend genossen und war am Morgen wortlos gegangen.

Ein anderes Mal hatte sie ein komplettes Wochenende akrobatisch umschlungen mit einer Frau verbracht, die sie weder attraktiv noch gutaussehend gefunden hatte, einfach, weil die gleichermaßen leidenschaftliche und schlechte Dauerküsserin sie schon beim ersten Spaziergang unter Tränen am kürzlichen Ableben ihrer Katze hatte teilhaben lassen. Wer würde schon einer Lesbe, die gerade erst ihre Katze verloren hatte, den Wunsch nach körperlicher Nähe abschlagen wollen? Sie hatte das auf jeden Fall nicht fertig gebracht, sich im Morgengrauen einen Muskelfaserriss im Oberschenkel zugezogen und dazu gelernt:
Regel Nummer vier lautete also: Das Thema kranke/sterbende/tote Haustiere galt es bei neuen Treffen mit großer Sorgfalt zu umgehen.

Vier Regeln nur, und doch hatten sie ihr das Leben so viel leichter gemacht.

Sie öffnete die Augen wieder und sah auf die Uhr. Kurz nach neun, eine gute Zeit. Gestern hatte sie

alle ihre Regeln fest im Blick gehabt. Für das Treffen hatte sie zudem ein strenges Zeitlimit gesetzt. Eine Stunde, ein Getränk, egal wie gut das Gespräch lief oder wie physisch die Chemie war. 60 Minuten und dann ging jede ihrer Wege und hatte genug Gelegenheit festzustellen, ob es ein zweites Treffen geben sollte.
Kein Druck, kein Drama, wenn man es konsequent lebte, war das der Weg zum Erfolg.

Vermutete sie.

Sie hatte die 60-Minuten-Regel vor einem Monat schon einmal erprobt und das hatte im Ansatz gut funktioniert. Die schöne Fremde auf der anderen Seite des Tisches, die so interessant wie ihre Facebookseite gewesen war, hatte sie für diese Idee gelobt, was sie mit einem zweiten Getränk gefeiert hatten. Ein winziger Regelbruch, nicht mehr. Und dann war sie ganz souverän aufgestanden und gegangen und sie war sehr stolz auf sich gewesen. Nicht ganz so stolz war sie mittlerweile auf diesen schwachen Moment vor der Tür und den danach im Wohnzimmer auf der modernen, aber unbequemen Couch. Sie hatte den vagen Eindruck, dass es auch danach noch Momente auf dem Flickenteppich gegeben hatte, aber es hatte auch einige außerplanmäßige Getränke auf Wodkabasis gegeben. Und eine morgendliche Mail, die ihr mitgeteilt hatte, dass solche Exzesse die Spannung aus einer möglichen Beziehung nahmen.

Das alles hatte sie gestern vermieden und deshalb lag sie jetzt hier, allein und zufrieden mit sich selbst.

»Hast du Kaffee?«, fragte eine Stimme in der Nähe des Türrahmens. Sie blickte zur Tür und lächelte die frisch geduschte Fremde an, die auch am Morgen noch sehr appetitlich aussah. »Im Kühlschrank, hält sich da besser.«

»Dann steh' auf und trink' Kaffee mit mir, ich muss nämlich gleich weg, meine Katze füttern.«

Sie nickte und schlug die Decke zurück. So war das also ohne Pizzaflyer, ohne Muskelriss, mit einem warmen Lachen und einem warmen Getränk. Sogar die unbekannte Katze lebte noch.

Ganz wichtig bei Regeln sind Ausnahmen, dachte sie und tapste auf nackten Füßen in die Küche.

Ich sehe was, was du nicht siehst

Ich: Das war ja eine unglaublich geniale Idee, einfach mal alleine in diesen angesagten Club zu gehen, um eine Frau kennenzulernen. Hier habe ich in etwa so gute Chancen wie ein Pinguin beim Stabhochsprung. Ich vermute, dass es hier zwar schon viele letzte Worte gegeben hat. Aber erste Worte? Wohl eher nicht. Wie denn auch, bei der Lautstärke? Da kann man ja nur schreien. Die Musik ist dazu noch eine seltsame Mischung aus Kirmestechno und einer alternativeren Alternative zu Alternativ.

Und alle hier, außer mir, müssen am Montag wahrscheinlich eine Klausur schreiben. Mit etwas Glück in der Uni, aber wahrscheinlich in der Schule.

Ist das heute ein Themenabend?

The extremely young and the very restless?

18 and under?

Bin ich in diesem Raum die Einzige, die den Fall der Berliner Mauer nicht ständig mit dem Fall von Troja verwechselt, weil sie beide Ereignisse nur aus dem Geschichtsbuch kennt? Seit die Barfrau mir aufmunternd zugelächelt und gesagt hat: »Eh cool,

dass du in deinem Alter noch rausgehst«, will ich hier niemanden mehr kennenlernen. Und ich will auch keine Getränke auf Red-Bull-Basis mehr. Ich will wieder nach Hause und ich will Menschen, die live erlebt haben, wie Abba 1974 den Grand Prix gewonnen hat.
Apropos Waterloo. Ich gehe jetzt meine Jacke holen. Obwohl … die Frau da, mit dem Zopf, der sich so wild aus seinem bunten Band stiehlt, und die allein an der Wand lehnt, wirklich nett aussieht. Schade, dass sie immer in die andere Richtung schaut. Ah, jetzt guckt sie … wenigstens halbwegs. Süßes Profil! Hat sicher auch noch nicht selber in der Zeitung lesen können, dass John Lennon erschossen wurde, aber könnte schon getrauert haben, als Elton John »Goodbye Englands Rose« gesungen hat. Wenn ich daran denke, kommen mir direkt wieder die Tränen. Vielleicht liegt das aber auch am Rauch des beeindruckend großen Joints, der regelmäßig wie ein brennender Zeppelin an mir vorbeizieht. Kein Wunder, dass die Mädels neben mir so kichern. Der Anblick öffentlich konsumierter illegaler Drogen beruhigt mich. Da fühle ich mich doch gleich wieder wie in den Siebzigern.
Jetzt guckt sie! Aber leider nicht zu mir, sondern auf einen Punkt rechts über meinem Ohr, den ich nicht sehen kann, ohne mich umzudrehen.
Schöne Augen hat sie.
Vermute ich.

Ist doch ziemlich nebelig hier. Ob ich versuchen soll, ihren Blick aufzufangen? Jetzt guckt sie schon wieder weg. Wenn ich da drüben an der Bar stehen würde, könnte ich sie wohl noch etwas besser sehen. Und sie mich.
Ist doch eigentlich noch viel zu früh, um nach Hause zu gehen, und der ganze Qualm hier macht auch extrem durstig. Ich hole mir noch ein Getränk.

Sie: Toll, da gefällt mir eine einzige Frau in diesem Laden und ich schaue einmal in eine andere Richtung und schon ist sie verschwunden. Ansonsten gefällt mir hier heute Abend nichts. Noch nicht einmal die Beleuchtung. Und mir ist langweilig. Da hätte ich ja direkt zu Hause bleiben können, da war es auch langweilig. Und selbst meine kaputte Lampe im Schlafzimmer flackert nicht so krank wie diese bescheuerten Stroboskoplampen. Sie stand doch die ganze Zeit an der Säule da drüben. Aber jetzt steht da niemand mehr. Mist.
Ich hätte direkt zu ihr rübergehen sollen.
Und was tun?
Sie ansprechen?
Ich habe noch nie eine Frau angesprochen.
Doch einmal. Aber da war ich so betrunken, dass die Frau damals kein Wort verstanden hat und vermuten musste, ich wäre ein finnisches Aupair-Mädchen.
Solche Erinnerungen erklären, warum ich hier allein lehne.

Deshalb und weil mich Frauen wie sie nie ansprechen. Ich scheine wie ein defekter Magnet immer die falschen Damen in meine Nähe zu ziehen.
Und wie aufs Stichwort kommt da auch schon die nächste Kandidatin aus dem Stroboskopnebel gewankt. Natürlich sieht sie aus, als wäre sie Teil einer lesbischen Boygroup, und ich fürchte, sie will mir ihre Muskeln aus der Nähe zeigen. Ich gucke jetzt einfach mal sehr arrogant. Und wenn es hart auf hart kommt, spreche ich wieder finnisch.

Ich: So ein Hugo schmeckt doch eigentlich ganz lecker und von hier aus sieht sie noch besser aus. Allerdings auch ein bisschen arrogant. Wenn das schlaksige Kind mit der dicken, grauen Wollmütze mal beim Schlendern einen Hitzschlag erleiden könnte, wäre die Sicht wieder besser. Bleibt die jetzt etwa bei ihr stehen?
Bitte nicht!
Bitte nicht!
Gut!

Sie: Wunderbar, auch diese zu tief sitzende Jeans ist an mir vorbeigegangen.
Wo kann sie denn nur hin verschwunden sein, die Frau an der Säule? So groß ist der Laden hier doch nicht. Vielleicht ist sie schon nach Hause? Oder hat jemanden kennengelernt und sich mit ihr auf die Terrasse zurückgezogen?

Würde diesen Tag abrunden.
Und diesen Monat.
Okay, es würde zum ganzen Jahr passen.
Im lesbischen Horoskop ist mein Sternzeichen wohl Panda oder Koala. Die sind auch so kompliziert, wenn es um die Paarung geht.
Aber possierliches Beuteltier hin oder tapsiger Bär her, wenn sie zur Tür gegangen wäre, das hätte ich doch sehen müssen.

Ich: Jetzt guckt sie wieder. Aber zur Tür. Und zur Terrasse. Sie ist bestimmt verabredet, wusste ich doch. Frauen wie sie sind immer verabredet.

Sie: Was rede ich mir denn ein, dass ich es schaffe in einem Raum den Überblick zu behalten? Ich habe doch auch vor zwei Monaten nicht bemerkt, dass meine letzte Eroberung nach unserem tragischen One-Night-Stand mit dem Toaster verschwunden ist. Hab immer noch nicht verstanden, warum sie ausgerechnet den mitgenommen hat. Der war doch schon seit mindestens einem Jahr defekt. Gut, das konnte sie nicht wissen. Bis zum gemeinsamen Toasten sind wir ja gar nicht erst gekommen. Nicht einmal bis zum Kaffee.
Vielleicht steht sie ja auf der anderen Seite der Säule? Sehen kann ich sie auf jeden Fall nicht.

Ich: Hat sie jetzt suchend geguckt? In die Richtung, in der ich vorher gestanden habe? Jetzt guckt

sie auf jeden Fall in die andere. Wieso sollte sie auch nach mir gucken? Wenn ich es bis in ihr Blickfeld schaffen könnte, dann könnte ich sehen, ob sie wieder nach mir gucken würde, wenn wir uns einmal angeguckt hätten.
Ich klinge wie eine Lektion in deutscher Grammatik. Übung 22: der Konjunktiv!
Egal, ich gehe trotzdem wieder zurück zur Säule.

Sie: Da ist sie ja wieder. Hat sich wohl ein Getränk geholt. Und sieht mit dem Getränk immer noch sehr interessant aus. Und alt genug, um schon einen eigenen Toaster zu haben. Wahrscheinlich sogar eine eigene Einbauküche. Sie scheint auch allein hier zu sein. Aber sie guckt nicht in meine Richtung.
Natürlich nicht.
Frauen mit eigener Einbauküche interessieren sich einfach nicht für mich. Frauen mit Schlafsack, Frauen ohne Toaster, klar. Aber mit Küche? Nie!
Jetzt bloß nicht auffällig in ihre Richtung starren. Eher geschickt genau dann gucken, wenn sie nicht guckt. Was nicht schwer ist, denn sie guckt ja überhaupt nicht in meine Richtung. Sie sieht sehr sympathisch aus, soweit ich das aus den Augenwinkeln beurteilen kann. So, als lauschte sie ganz entspannt der Musik. Jetzt schließt sie die Augen. Ist wahrscheinlich ihr Song. Den gleichen Musikgeschmack haben wir auf keinen Fall.

Ich: Warum guckt sie bloß nie in meine Richtung? Nicht ein einziges Mal? Nicht mal zufällig? Und jetzt noch dieser Song! Der Sänger klingt, als würde ihm jemand ohne Betäubung die Mandeln entfernen. Ich hasse dieses Lied, ich hasse es leise und so laut hasse ich es 10 Dezibel mehr. Und mir schmerzen die Augen vom Rauch der glühenden Hindenburg, die neben mir ihrem sicheren Ende entgegenkreist. Wenn ich könnte, würde ich die Ohren und die Nase schließen und nicht die Augen. Wieso kann man eigentlich die Ohren und die Nase nicht schließen? Flusspferde können ihre Ohren und ihre Nase verschließen. Warum fällt mir so etwas jetzt ein?

Sie: Wenn sie das nächste Mal in meine Richtung schaut, dann lächele ich ihr einfach zu. So, wie sich Frauen anlächeln, die Toaster haben und Einbauküchen mit Kochinseln und jede Menge Teller und Tassen, die zueinander passen. Und dann lächelt sie vielleicht zurück und wir lächeln wie Frauen, die sich irgendwann gemeinsam ein vielteiliges Kaffeeservice aussuchen werden. Ich habe mir noch kein einziges Küchengerät gemeinsam mit einer Frau ausgesucht. Ich habe noch nicht einmal eine Beziehung gehabt, die die Mindesthaltbarkeit einer Dosensuppe überdauert hätte. Ich habe auch gar keine Dosensuppe im Haus. Nie gehabt. Nur eine Dose mit Pfirsichen. Und eine mit Mischpilzen, die auf dem Dosenum-

schlag blass und unappetitlich aussehen. Außerdem mag ich gar keine Pilze und weiß nicht, wie die Dose in meinen Küchenschrank gekommen ist. Warum fällt mir das jetzt alles ein?
Sie macht die Augen wieder auf …
Jetzt lächle ich sie an …
Achtung …
Fertig …

Beide: Hat sie mich jetzt direkt angesehen? Und angelächelt?

Ich: Ich gucke jetzt einfach noch einmal im Raum umher und dann wieder in ihre Richtung.

Sie: Ich gucke jetzt einfach mal auf den Boden und dann wieder in ihre Richtung.

Ich: Warum guckt sie denn jetzt auf den Boden? Dann gucke ich auch lieber wieder weg.

Sie: Warum guckt sie denn jetzt wieder weg?

Ich: Mein Gott, wie mein Herz schlägt. War das jetzt ein Augenkontakt oder habe ich mir das nur eingebildet? Ich trinke jetzt einen Schluck und dann schaue ich zu ihr hin und wenn sie dann auch guckt, dann … ja, was dann? Keine Ahnung, was dann.

Sie: Sie guckt! Sie guckt mich an! Oder steht da noch jemand hinter mir? Das wäre ja peinlich. Ich muss demonstrativer gucken. Wie guckt man demonstrativ? Wahrscheinlich sehe ich aus, als ob ich gleich einen Schlaganfall erlitte.

Ich: Sie sieht mich wirklich an.
Mich!
Wahnsinn!
Und jetzt?
Gehe ich zu ihr rüber?
Warte ich, ob sie rüberkommt?
Lieber noch mal gucken.

Sie: Wow, mit ganz großem W. Noch so ein Augenkontakt und mein optischer Schlaganfall wird ein richtiger Herzinfarkt. Sie sieht echt süß aus. Von mir aus kann sie morgen früh meinen neuen Toaster mitnehmen und in ihre Einbauküche stellen. Ich werde ihr jetzt zuzwinkern, obwohl das bei mir immer aussieht, als ob ich etwas im Auge habe.

Ich: Hat sie jetzt gezwinkert? Ich könnte sie ja fragen, ob sie tanzen will. Aber ich will gar nicht tanzen. Ich würde gerne mit ihr reden, aber dazu ist es viel zu laut. Ich kann doch nicht sagen: Kommst du mit mir nach draußen?
Ich schlendere einfach an ihr vorbei und sage etwas Lustiges, etwas Ungewöhnliches …

Sie: Warum kommt sie denn nicht endlich herüber? Was soll ich denn noch an Gesichtsgymnastik versuchen?
Wenn sie zu mir käme, dann würde ich vielleicht was sagen … etwas Lustiges … was war noch lustig?

Ich: Ich gehe jetzt rüber und dann sage ich …

Sie: Sie kommt auf mich zu. Ich muss etwas sagen! Etwas Witziges! Nichts Doofes! Nichts Finnisches!

Ich: Noch fünf Schritte, sechs wenn ich kleinere Schritte mache. Ich sage einfach …

Sie: Ich sage einfach …

Beide: Entschuldigung, weißt du wie spät es ist?

Nach Rom

»Ich möchte keine Fernbeziehung haben!« Der Satz war einfach so aus Annas Kopf in den Raum gesprungen. Sie hatte gerade noch überlegt, ob sie wieder die Spaghetti bestellen sollte, die Spaghetti mit den Muscheln und den Gambas, die so ungeheuer gut nach leicht angebratenem Knoblauch und salzigem Meer rochen und die sie hier am ersten Abend bestellt hatte.
An diesem Abend, an dessen Ende sie am Nebentisch mit der fröhlichen Gruppe, die auch gerade erst auf der Insel angekommen war, bis in den Morgen getrunken hatte. Einem Morgen, der es viel sinnvoller fand, nicht zurück ins eigene Hotelzimmer zu gehen und endlich auszupacken, sondern der schönen Fremden, mit der sie den ganzen Abend geflirtet hatte, an den einsamen Strand zu folgen.

Morgen flog sie wieder nach Hause und richtig ausgepackt hatte sie immer noch nicht. Wann auch? Schon am zweiten Tag war nicht mehr klar gewesen, wer wem folgte, es war nur zunehmend klarer geworden, dass sie die nächsten zwei Wochen zusammen verbringen würden.

Aus dem Lautsprecher über der kleinen Bar klang wie immer ein Medley spanischer Gitarrenhits, immer die gleichen Lieder jeden Abend.
Ihr Satz stand immer noch im Raum und wiegte sich leicht im Takt der Musik.
Wieso hatte sie das ausgerechnet jetzt gesagt? »Auf Wiedersehen« hätte es doch auch getan oder »Es war schön mit dir.«.

Klar, sie hatte diesen einen Satz seit Tagen ununterbrochen gedacht. Sie war morgens in den Armen dieser aufregenden Frau aufgewacht und während sie sich mit ihr lächelnd in den Tag küsste, hatte der Satz sie missmutig aus einem Winkel in ihrem Bewusstsein betrachtet. Er war in den stillen Momenten am Strand mit einer kleinen Blechtrompete in den Gängen hinter ihrer Stirn hin und her marschiert und sie hatte von seinem apokalyptischen Getröte mehrmals Kopfschmerzen bekommen.
Und jetzt am letzten Abend war ihm ihr Kopf einfach zu eng geworden.

Luisa sah Anna über den Rand der Speisekarte hinweg schmunzelnd an. »Und ich möchte keine Oliven auf meinem Salat.«

»Ich meine das ernst!« Jetzt, wo sie es ausgesprochen hatte, fühlte Anna deutlich, wie wichtig ihr das war. Sie fühlte auch, wie wichtig ihr Luisa war. »Ich meine das auch ernst!« Luisa sah sie jetzt ernsthafter an. »Ist das deine Art, einen Urlaubsflirt zu beenden? Ich habe dir doch schon mehrmals gesagt, dass ich keinerlei Erwartungen habe.« Sie griff nach Annas Hand. »Ich finde es schön, so wie es jetzt und hier mit uns ist.«

Ja, es war schön, wie es jetzt und hier war. Und ja, das hatte sie gesagt. Mehrmals, auch das stimmte, und Anna wurde klar, dass der vorwitzige Satz sich nur in die Freiheit gestürzt hatte wie in den sicheren Tod, um seinen Bruder, der ebenfalls seit Tagen schüchtern durch ihren Kopf geisterte, vor diesem Schicksal zu schützen. Und dieser andere Satz saß jetzt alleine da und sah sie mutlos an. Gegen die Chance, dass sie ihn jetzt noch laut aussprechen würde, dass sie sagen würde »Ich glaube, ich bin dabei, mich in dich zu verlieben« war ein Lottogewinn ein sehr wahrscheinliches Ereignis.

Sie hätte das alles nicht tausendmal durchdenken sollen, sie hätte nicht immer wieder die Entfernung zwischen ihren beiden Heimatstädten nachrechnen sollen, nicht immer wieder feststellen müssen, dass die Kilometerzahl davon nicht kleiner wurde.

»Was denkst du?«, hatte Luisa in einer dieser Nächte gefragt, und mit einem Finger die Falte, die sich über Annas Nasenwurzel gebildet hatte, weil sie innerlich immer wieder zwischen dem Wunder dieser Begegnung und der Verzweiflung über diese Begegnung hin und her gerannt war, nachgezeichnet. »Ich denke nichts. Ich habe Kopfschmerzen«, hatte sie gemurmelt. »Die viele Sonne.« Und dann hatte sie sich in Luisas Umarmung versteckt, um nicht weiter über Zugverbindungen, günstige Flüge und Reisezahnbürsten nachzudenken.

Luisa zog sie an ihrer Hand etwas näher zu sich heran. Die Kellner hinter der Bar stießen sich an und grinsten wissend. Das taten sie schon seit Tagen und es war interessant, dass ihnen das nicht zu langweilig wurde.
»Ich würde dich gerne wiedersehen.«
Anna war sich nicht ganz sicher, ob sie Luisa richtig verstanden hatte. »Du willst mich wiedersehen? So in ein paar Monaten für ein Wochenende, um Urlaubserinnerungen und Bilder auszutauschen?«
»Wir haben keine Bilder gemacht.« Luisa lächelte. »Ich möchte dich eher so in ein paar Tagen wiedersehen, um zu schauen, wie du lebst, wenn du nicht nachts am Strand schläfst und am Tag mit aufblasbaren Krokodilen im Pool kämpfst.«
In Anna machte sich ein Gefühl breit, das den einsamen Satz aufhorchen ließ und ihn näher an den

Ausgang schob. Sie erwiderte das schöne Lachen in Luisas Augen. »Ich musste dich doch beschützen! Die aufblasbaren Krokodile sind die Gefährlichsten und dieses Monster hatte es auf dich abgesehen.«
Sie sahen sich an.
»Viele Wege führen nach Rom, weißt du.« Luisa flüsterte das und küsste Annas Hand, die sie immer noch hielt.
»Du wohnst aber nicht in Rom sondern in Trier. 677 km von mir entfernt.«
»Und wer hat Trier gegründet?« Luisa streckte ihr die Zunge heraus und in ihren Augen glitzerten Möglichkeiten.
»Außerdem heißt es alle. Alle Wege führen nach Rom.« Anna war nicht bereit aufzugeben.
»Noch besser, oder?«
Besser oder nicht. Irgendwie schienen auf jeden Fall alle Wege dieses Gesprächs in eine Richtung zu führen.
Dann spring doch, sagte Anne mit Blick auf den Satz, der schon auf dem Startblock stand, beide Arme über den Kopf nach vorne gestreckt hatte und sich leicht vorbeugte.

Und der Satz, dieser wunderbare, furchteinflößende, unruhige Satz stieß sich ab und sprang.

Tanz auf dem Vulkan

»Denkst du daran, dass diesen Freitag mal wieder Pärchentreffen ist?«

Ich hatte einen Laut artikuliert, der als Zustimmung durchgehen konnte, und genickt, ohne das Verb im Satz zu korrigieren. Denn ich hatte eigentlich nicht daran gedacht, ich hatte es befürchtet.

»Wir sind dieses Mal zu acht. Karina bringt ihre neue Freundin mit. Scheint was Ernstes zu sein.« Meine Lebensgefährtin hatte mich ausgiebig geküsst und war in ihrer Haustür verschwunden. Ich hatte ihr sehnsüchtig einen wesentlich interessierteren Ton hinterhergebrummt.

Pärchentreffen.

Das Wort allein gehörte schon in die Kategorie der Wörter, die sich niedlich machten, um von ihren möglichen Folgen abzulenken.

Bierchen. Sektchen. Tortenstückchen.

Niemand lud zu einem Apfelschörlchen ein oder traf sich auf ein Spinätchen. Lebensmittel und Getränke, die nichts zu verbergen hatten, ließen sich nur dann verkleinern, wenn sie wirklich kleiner waren.
Vor dem Rest musste man sich hüten.
Wenn man es konnte.

Ich konnte nicht und deshalb saß ich jetzt hier. Und die anderen auch. Acht Frauen auf Hockern an drei Seiten um eine heiße mattglänzende Grillfläche arrangiert, hinter deren vierter Seite ein Japaner stand, der mit flinkem Messer Gemüse, Fisch und Fleisch zerkleinerte und kunstvoll anbriet. Sein rheinischer Akzent verriet, dass er wahrscheinlich eher in Troisdorf als in Tokio geboren war, aber den wechselnden Köstlichkeiten, die vor uns auftauchten, war das nicht anzumerken. Seine harmonischen Bewegungen, der Geruch der gebratenen Speisen und das wiederkehrende Zischen, das den Kontakt der Saucen mit der heißen Platte begleitete, beruhigten mich und ich begann zu glauben, dass es hier und heute einfach nett werden würde. Schließlich mochte ich die Anwesenden doch und eigentlich gab es keinen Grund zu vermuten, dass sie sich als Teil einer gerade Zahl anders verhalten würden als alleine.
Karina und ihre Eroberung, die Nora hieß, saßen innig verknäult an der linken Seite und damit für

ein wirkliches Gespräch von mir zu weit entfernt. Was sie so machten und wo sie sich kennengelernt hatten und wer wen wann geküsst hatte, brandete in kleinen, weitergereichten Gesprächswellen bei mir an, ohne dass ich mich wirklich beteiligen musste.
Ich unterhielt mich mit Manuela und Susanne, die rechts von mir saßen, und begann, mich zu entspannen.
Der japanische Troisdorfer machte einen Scherz und verwandelte kunstvoll aufeinandergestapelte, immer kleiner werdende Gemüsezwiebelringe in einen weißen Vulkan, aus dessen Mitte es heftig qualmte. Das sah leicht aus, führte aber wahrscheinlich in der eigenen Küche zu verbrannten Zwiebeln und der Anschaffung einer neuen Bratpfanne. Wir klatschen alle bewundernd.
Wieso hatte ich dabei ihren Blick aufgefangen? Schon wieder aufgefangen.
Ich hatte mich vorhin schon nach der süßen Sojasauce umgesehen und dabei bemerkt, dass sie mich betrachtete. Oder nicht, denn ihr Blick hatte sofort und ohne sichtbare Eile auf den gezwiebelten Vulkan gewechselt.

Zisch machte der kleine Vulkan jetzt und spuckte auch noch winzige Wassertröpfen, die wiederum zischten, wenn sie auf die Platte trafen. Ich studierte ausgiebig die kunstvollen Schriftzeichen auf

meinem Tischset, wahrscheinlich stand da »Europäer sind zu doof, um mit Stäbchen zu essen«, schaute nach ein paar Minuten wieder hoch und sah durch die hellen Dampfwolken genau in ihre Augen.
Dieses Mal sah sie nicht sofort wieder weg, sondern lächelte. Ich lächelte zurück, ohne das zu wollen. Manchmal war ich ein Opfer meiner guten Erziehung.
Zisch. Hack. Hack. Zisch. Wir musterten uns. Ich milde alarmiert, sie vorsichtig interessiert. Das Blau ihrer Augen war ein schönes Blau, wenn man blaue Augen mochte. Vielleicht auch, wenn man sie nicht mochte. Sie warf die hellen Haare leicht nach hinten. Schaute weg, schaute zu mir. Lächelte. Ihr Hals war leicht gebräunt und eine goldene Kette verschwand vielgliedrig in ihrem Ausschnitt.

»Wollen wir tanzen gehen, nächsten Freitag?«
»Was?«
Ich sah meine Lebensgefährtin so erschreckt an, als wäre sie soeben mit dem Dampf aus dem Vulkan aufgestiegen. Sie tätschelte mir lächelnd die Hand. »Ganz im Essen versunken?«
Ich nickte.
»Karina hat Bea gesagt, sie soll uns fragen, ob wir am nächsten Freitag auch mit tanzen gehen, und da ich Lust hätte, frage ich jetzt dich. Nora kommt

auch mit.« Sie deutete auf die jeweiligen Köpfe, die an dieser modernen Version von »Stille Post« beteiligt gewesen waren.
Die blauen Augen hörten ihren Namen und schauten fragend in unsere Richtung. Ganz allgemein und freundlich, so als hätten wir uns vorher noch nie im Blau zwischen zischenden Vulkanen getroffen.
»Tanzen! Wir und ihr.« Meine Lebensgefährtin nickte Nora zu und unterstrich ihre lauteren Worte mit eindeutigen Armbewegungen.
Nora hob den Daumen in unsere Richtung und wandte sich ihrer neuen Freundin zu. Karina lehnte sich glücklich an sie.

Alles war gut. Wir aßen Zwiebelvulkan-Stückchen und redeten über E-Bikes, zu denen jede eine andere Meinung hatte. Und mitten in dieser Meinungsvielfalt konnte ich ihrem Blick immer schwerer entkommen. Unsere Augen trafen sich wieder und wieder, tauchten untereinander weg, liefen parallel, kreuzten sich und webten dabei einen für die anderen unsichtbaren Blickteppich.
Ich konnte das Muster gut erkennen.
Es war ein fliegender Teppich und er erzählte von den Möglichkeiten, von unschuldigen Textnachrichten und heimlichen Telefonaten und von Treffen an Orten, die einsam waren oder in anderen Städten. Und er war ein liegender Teppich und er

erzählte von schweren Entscheidungen und von Tränen und von Lügen.

Ich sammelte meine Blicke ein und ließ sie in meine Sojasaucenschüssel fallen. Platsch!
Nora stand plötzlich hinter mir. »Karina sagt, du bist die Einzige, die hier noch raucht. Stimmt doch, oder? Hast du vielleicht Zigaretten dabei? Magst du eine mit mir rauchen gehen?«
»Da bist du endlich nicht mehr so einsam draußen vor der Tür. Tut euch bloß nicht zusammen und kämpft für Raucherzonen beim nächsten Treffen in meiner Wohnung«, lachte meine Lebensgefährtin und stupste mich an.
Nora beugte sich fragend zu mir herab. Ich atmete ihren Duft ein, der sich einen Moment lang gegen die Bratendüfte durchsetzen konnte. Er war leicht und blau und frei und ein wenig zu süß.
»Nein, ich habe keine Zigaretten dabei und auch gerade keine Lust, eine zu rauchen.« Ich sah sie an und sagte das nicht unfreundlich, nur bestimmt.
Nora bedachte mich mit dem gleichen überraschten Blick, den ich auch in den Augen meiner Lebensgefährtin sehen konnte.
»Verstehe«, sagte sie dann und ging zum Zigarettenautomaten, der am Eingang stand.
»Magst du sie nicht? Ich weiß doch, dass du deine Zigaretten dabei hast.« Das Flüstern an meinem Ohr kitzelte mir Worte in den Kopf.

Ich wandte mich wieder den brutzelnden Speisen zu. »Wieso sollte ich sie nicht mögen? Ich kenne sie doch gar nicht. Mir ist einfach gerade nicht nach Rauchen. Vulkan bekommt mir manchmal nicht.« Ich schob mein Essen demonstrativ auf dem Teller von links nach rechts.
»Interessant. Da kann ich ja noch Hoffnung haben«, lächelte die Frau, die ich liebte, und küsste mich.
Nicht, was das Rauchen angeht, dachte ich und erwiderte ihren Kuss.

So viel Zeit muss sein

»Wir möchten heiraten!«, sagte ich stolz und strahlte die Standesbeamtin mit dem gesamten Glück meiner langjährigen Beziehung an.
»Sie wollen eine Lebenspartnerschaft begründen, so heißt das nämlich in Ihrem Fall«, korrigierte sie mich mit einem Lächeln, dem die Liebe zu ihrem Beruf nicht anzumerken war.
»Oder so«, sagte ich und hatte ein spontanes Erweckungserlebnis, das mich das Leben plötzlich viel klarer sehen ließ und nicht mehr so überdeckt von den simplen Vereinfachungen, mit denen ich zu lange naiv gelebt hatte.

Eigentlich hatte ich ihr meine Geburtsurkunde geben wollen, aber jetzt legte ich die für mich geltende »amtliche Bescheinigung meines Eintritts in die menschliche Gemeinschaft« auf den Tisch, und fühlte mich befreiter.
»Haben Sie beide auch ihren ›Identitätsnachweis für deutsche Staatsangehörige‹ dabei?«, fragte sie mürrisch und warf uns einen Blick zu, der das bezweifelte. Und sie hatte teilweise recht.

»Ich schon.« Meine gut organisierte, mir zur Lebenspartnerschaft Versprochene zog die kleine Karte aus ihrem Portemonnaie und lächelte hoffnungsvoll in meine Richtung.
»Nein«, antwortete ich verlegen und kramte hektisch in meiner Tasche. »Nur meine ›Erlaubnis zu grenzüberschreitenden Reisen und zur Rückkehr in das eigene Hoheitsgebiet‹ und hier ist auch noch meine ›Erlaubnis zum Führen bestimmter Fahrzeuge auf öffentlichem Verkehrsgrund‹.«
»Das reicht nicht, leider, da fehlt Ihre Adresse, da müssen Sie noch einmal wiederkommen.« Diese Komplikation schien sie glücklicher zu machen, als sie selber erwartet hatte.

»Ich glaube, mein ›Identitätsnachweis für deutsche Staatsangehörige‹ ist vor zwei Jahren abgelaufen«, flüsterte ich der Frau meines Herzens eine Stunde später zu, während wir durch eine frisch renovierte Wohnung in Waldnähe schlenderten und dem eifrigen Makler aufmerksam lauschten. »Hier ist alles flexibel, da können Sie auch noch eine Wand einziehen fürs Kinderzimmer oder in Ihrem Fall für ein Arbeitszimmer.« Er zwinkerte uns verstehend zu. Wir nickten verwirrt.
Er wies auf ein paar ordentlich zusammengeheftete Papiere auf den Tisch. »Hier vorne liegen die Mietverträge für Ehepaare und für Ihren Fall haben wir auch die gegenseitige Vereinbarung zur

zeitweisen Gebrauchsüberlassung gegen Entgelt, können Sie sich ja mal durchlesen.«

Wir schauten uns noch kurz um und verließen dann die flexible Wohnung. Draußen im Flur trafen wir auf eine Schulkameradin, die sich am Arm eines bärtigen Bauchträgers auf hohen Schuhen die Treppe hinaufzog.

»Mensch, das ist ja ein Zufall. Habt ihr euch auch die Wohnung angeschaut? Wie lange ist das denn her?«, schrie sie mir und allen im Haus entgegen.

»Seitdem du Abitur gemacht und ich die Befähigung zum Studium an einer europäischen Hochschule (Universitäten und gleichgestellte Hochschulen, Fachhochschulen) erlangt habe.«

Wir betrachteten uns, ohne eine Idee zu haben, wie der nächste Satz dieser Konversation lauten sollte.

»Wahnsinn, das ist schon so lange her.«

»Ja, ist es.«

Ich riss die Initiative an mich und täuschte einen wichtigen Termin vor.

»Tut mir leid, wir müssen direkt weiter. Wir wollen noch eine Individualversicherung, die die wirtschaftlichen Risiken aus der Unsicherheit der Lebensdauer der versicherten Person wirtschaftlich absichert, füreinander abschließen.«

»Sehr vernünftig, ihr könnt ja nicht heiraten«, sagte sie und entstöckelte gut gestützt in Richtung Makler.

»Es ist zwar noch früh, aber nach diesem Tag brauche ich jetzt ein alkoholisches Mischgetränk, aus zwei oder mehr Zutaten, darunter mindestens einer Spirituose.« Die zukünftige Mitbegründerin meiner Lebenspartnerschaft schaute mich müde an.

»Und deshalb habe ich für dich dieses starke Gefühl der innigen und tiefen Verbundenheit, das den Nutzwert einer zwischenmenschlichen Beziehung übersteigt und sich durch eine entgegenkommende tätige Zuwendung zum anderen ausdrückt!« Ich küsste sie innig, nahm ihre Hand und die beiden kreisförmigen, goldenen Schmuckstücke, die das Versprechen symbolisierten, miteinander die Lebenspartnerschaft einzugehen, klangen leise aneinander.

Schnittpunkt

Manchmal kam es Alice so vor, als hätte die komplette Welt ihrer Kindheit und Jugend aus einer einzigen Straße bestanden. Einer Straße, in deren Mitte sie auch jetzt noch wohnte, die nach links direkt in die Kirche und nach rechts unweigerlich in die Schule führte. Mit den immer gleichen Reihenhäusern, in denen Familien mit höchstens drei Kindern gewohnt und sie mit Spielkameraden versorgt hatten. Und mit Schulkameraden, mit denen sie dann gemeinsam die Straße hinab zur Schule gelaufen war und manchmal heute noch lief. Alles hier war klein und übersichtlich und verlief in gerader Linie zwischen zwei Punkten. So wie ihr Leben. Auch hier war alles gerade und geordnet. Selbst die Tatsache, dass ihr Vater, wie viele Väter oder Mütter in den anderen Häusern, kurz vor ihrem sechzehnten Geburtstag ausgezogen war und seitdem nur noch sporadisch an ihrer Entwicklung teilnahm, wirkte wie ein geplanter Orientierungspunkt auf einer endlosen Gerade. Dieser zeigte ihr an, wann die Depressionen ihrer Mutter begonnen hatten.

Eine Gerade also, die sie mit einer Mischung aus Sicherheit und Langeweile versorgte, wie Geraden das eben so taten. Spätestens seit sie das Gymnasium betreten hatte, war diese innerliche Gerade auf das Jahr 1999 zugelaufen, das Jahr, in dem sie Abitur machen würde. Alice war es oft vorgekommen, als ob es sich bei dieser besonderen Zahlenkombination gar nicht wirklich um einen Zeitpunkt, sondern nur um einen weiteren Ort am Ende einer etwas längeren Straße handelte. Einen Ort, wie die Kirche oder die Schule, auf die sie sich auch immer wieder zubewegte, ohne sicher zu sein, ob sie dort überhaupt hinwollte.

Aber jetzt war es plötzlich 1999 und das Ende der Straße und das Ende des Jahrtausends waren schon fast in Sicht, und Alice fühlte, wie sich das Tempo, in dem sie sich bewegte, erhöhte. Immer schneller rannten alle auf das Tor am Ende der Straße zu und dahinter wartete ... Tusch ... Vorhang auf! ... Das Leben! Leider waren es genau diese angestrebte Metamorphose und ihre Folgen, die Alice aus unerklärlichen Gründen Sorgen bereiteten, und jetzt, während sie kurz vor der letzten mündlichen Prüfung stand, wünschte sie sich zum hundertsten Mal, sie könnte diesen Moment einfrieren und sich und ihren gesamten Jahrgang daran hindern, diesen letzten Schritt in eine ungewisse Zukunft zu tun.

»Kannst du dir vorstellen, wie das ist, wenn wir uns alle in zehn oder mehr Jahren wiedertreffen? Im Jahre 2010? 2020? Wie cool klingt das denn?« Markus ließ seinen Finger über die Bilder und Namen auf der letzten Seite der fast fertigen Abiturzeitung gleiten, die vor ihm auf dem Schreibtisch lag.
Alice schaute unwillig von ihrem Platz auf der Couch zu ihm hinüber. Nein, dachte sie, kann ich mir nicht vorstellen und will es auch nicht. Sie hatte genug von all den Einzel- und Gruppenfotos und den fröhlichen Bildunterschriften, die alle nur den einen Zweck hatten: aus ihrer jetzt so lebendigen Gegenwart eine perfekt konservierte Vergangenheit zu machen, die sich in zehn Jahren verwundert betrachten ließ. Warum können wir nicht einfach so weitermachen?, dachte sie mit einem leichten Anflug von Verzweiflung.
»Was meinst du, wer von uns dann schon verheiratet ist und Kinder hat?« Er ließ sich neben sie auf die Couch fallen, griff zärtlich in ihre dunklen Locken und zog sie sanft zu sich heran. »Hey, meinst du, wir haben dann schon Kinder?«
Er musterte Alice mit diesen fröhlich funkelnden Augen, die in den zwei Jahren ihrer Beziehung nie ihren Reiz für Alice verloren hatten. Wenn er so lachte, war er wieder der sechzehnjährige Junge, der ihr beigebracht hatte, ihr Handy zu hacken, und

der es cool fand, dass sie in der Klassenmannschaft mit den Jungen Fußball spielte. Sie hatte allerdings den Eindruck, dass auch seine Blicke in den letzten Monaten fragender und ernster geworden waren, wenn es um die Zeit nach dem Abitur ging. Was ihren Eindruck noch verstärkte, war, dass auf der anderen Seite des Tores Entscheidungen auf sie warteten, die sie weder treffen konnte noch wollte. In ihrem Magen machte sich wieder diese unruhige Angst breit, die seit Monaten stärker wurde.

«Sollten wir nicht vielleicht erst mal die Mündliche bestehen, bevor wir den Nachwuchs planen?« Alice stand auf, nahm die Abiturzeitung in die Hand und betrachtete die Fotos. »Ich tippe übrigens auf Jana und Philip, was die Kinder angeht.«

»Absolut! Wie lange sind die zusammen? Seit der siebten, oder? Weißt du noch, wie Jana geweint hat, als Philipp in der achten Klasse für vier Wochen mit Katja zum Hofdienst eingeteilt war?«

Alice nickte, froh darüber, dass Markus sich willig auf ein Gespräch über das einzige Paar einließ, deren Beziehung den Versuchungen aller Feten, Klassenfahrten und Hofdienste mit der schönen Katja getrotzt hatte. Warum können wir nicht bleiben was wir jetzt sind?, dachte Alice später am Abend, während sie zusah, wie Markus sein Motorrad mit einem gekonnten Tritt auf den

Kickstarter anließ und davonfuhr. So ist es doch wunderbar.

»Neeeeiiiin!«
Alice warf das Kopfkissen, das quer über ihrem Gesicht lag, mit solcher Wucht von sich, dass es bis zum Fenster flog, wo es eine arglose Yucca-Palme, zu deren genetisch festgelegten Überlebenstechniken das schnelle Ausweichen nicht gehörte, sowie zwei grüne Porzellanfrösche und ein gläsernes Windlicht mit lautem Poltern von der Fensterbank riss.
Mit verschwollenen Augen tastete sie nach dem Lichtschalter, erfasste das Stillleben aus hilflos daliegender Zimmerpflanze, großzügig verteilter Blumenerde, Frosch-, Topf- und Windlichtscherben, das sich neben dem Kissen über den Teppichboden verteilt hatte, und stöhnte gequält auf. Im Morgengrauen vor einer Abiturprüfung in Religion von einem solchen Ereignis geweckt zu werden, galt sicher schon im Alten Testament als Vorbote der Apokalypse. Sie lauschte kurz, ob der fahrlässige Palmentotschlag ihre Mutter geweckt hatte, aber das Haus blieb still. Unfähig, den Tag mit einem solchen Anblick zu beginnen, knipste sie das Licht aus, sank zurück auf das völlig zerwühlte Laken und schloss die Augen. Obwohl es im Schlafzimmer eiskalt war, fühlte sie Schweiß auf ihrer Brust.

Diese verdammten Alpträume! Sie öffnete die Augen wieder, aber die wirren Traumbilder purzelten weiter ungefragt durch ihr Bewusstsein. Zum zweiten Mal in dieser Woche hatte sie geträumt, dass Markus sie nach der Abiturfeier entführt hatte, um sie mit vier selbstklebenden Fotoecken an Händen und Füßen in einem Album auf der ersten Seite zu befestigen. Kurz bevor sie aufwachte, hatten die zweidimensionalen Hochzeitsgäste auf den benachbarten Fotos ihre vom Blitzen blutroten Augen erwartungsvoll auf sie gerichtet und Markus' Mutter hatte langsam das Album geschlossen und gerufen: »Es wird dir gefallen! Warte ab, es wird dir gefallen!«

Erschöpft warf sie einen Blick auf die Leuchtziffern des Weckers. Kurz vor fünf Uhr, es dämmerte noch nicht einmal vor ihrem Fenster. Bis zur mündlichen Prüfung waren es jetzt noch vier Stunden und sie wusste genau, dass sie nicht mehr schlafen konnte. Sie überlegte, einfach aufzustehen und die Bücher noch einmal durchzusehen oder sich der verblichenen Zimmerpflanze und ihrer erschlagenen Banknachbarn zu erbarmen, aber sie wollte nicht, dass ihre Mutter aufwachte und sich Sorgen machte.

Warum träumte sie nur so schlecht? Es bedurfte nicht gerade eines Doktortitels in Psychologie, um zu mutmaßen, dass ihre Träume mit dem neuen Lebensabschnitt zusammenhingen, der hinter dem Abitur auf sie lauerte. Ich bin doch erst neunzehn Jahre alt, dachte Alice, ich bin vielleicht einfach noch nicht so weit. Seltsam nur, dass viele in ihrer Stufe auch neunzehn Jahre alt waren und diesen Moment der »Freiheit« herbeizusehnen schienen. Freiheit wovon, dachte Alice, ich möchte einfach noch ein paar Jahre zur Schule gehen. Von Schülern erwartet niemand, dass sie zusammenwohnen, heiraten oder Kinder bekommen. Und ich muss mich doch um Mutti kümmern, ohne mich ist sie hilflos.

Was sie bei diesen Überlegungen nicht einmal sich selbst gegenüber zugab, war, dass sie manchmal auch sehr schön träumte. Von Frau Schröder zum Beispiel, deren Mitteilung zu Beginn der 13. Klasse, dass sie in den Ferien geheiratet habe, dazu geführt hatte, dass Alice beim Zirkeltraining unabsichtlich von der Sprossenleiter gefallen war und – entgegen aller Tagträume – ungeküsst liegen geblieben war. Was irgendwie länger geschmerzt hatte als das Knie, auf das sie gefallen war. Ein einzelnes dieser sanften, schönen Traumbilder kippte auch jetzt wie zufällig vor ihr inneres Auge, und sie sank auf ihr Kopfkissen zurück und wusste wie so oft nicht, welche Träume ihr eigentlich mehr Angst machten.

»Alice, bist du etwa schon wach?« Die Schlafzimmertür im Erdgeschoss öffnete sich quietschend und sie hörte, wie ihre Mutter sich im Dunkeln an der Wand zum Lichtschalter tastete. Jetzt war die Apokalypse aber wirklich beschlossene Sache. Wenn ihre Mutter hochkam und die Scherben sah, würde es Stunden dauern, sie zu beruhigen.

»Alles klar!«, schrie Alice und sprang aus dem Bett. »Ich musste nur zur Toilette.« Sie wollte ihrer Mutter in den Flur entgegeneilen, aber mitten im zweiten Schritt brach sie mit einem lauten Schmerzensschrei zusammen.

»Kind?« Frau Funke stand mittlerweile in der Tür und knipste das Licht an. Im hellen Schein der Deckenlampe sah Alice die große, rußverschmierte Glasscherbe, die in ihrem Fuß steckte, und das Blut, das aus der ganzen Länge des Schnitts hervorquoll und im Teppichboden schon einen Fleck zu bilden begann.

»Alice, mein Gott …«

»Ist nicht so schlimm, Mutti. Nur ein kleiner Schnitt. Haben wir ein Pflaster im Bad?« Alice zog die Scherbe unter Schmerzen vorsichtig aus der Wunde, die daraufhin noch viel stärker zu bluten begann. Alices Mutter hatte sich inzwischen neben ihrer Tochter auf dem Teppichboden niedergelassen und betrachtete den klaffenden Schnitt mit einem ersten Anflug von Verzweiflung. »Da hilft kein Pflaster, Kind. Du musst ins Krankenhaus.« Sie begann zu weinen. »Was sollen wir jetzt nur machen, ich kann dich nicht bringen, es ist zu dunkel, zu kalt, ich hätte erst neue Schuhe kaufen müssen … ich habe doch keine Schuhe.« Da Frau Funke zu Recht fürchtete, einer der Therapeuten, deren Namen ihre Tochter immer wieder erwähnte, könne sie dazu bringen wollen, auf die Straße zu gehen, hatte sie kürzlich alle ihre Schuhe heimlich an ein kirchlich geführtes Flüchtlingslager in Afrika gespendet und Alice die Tat erst gestanden, nachdem der junge Mann, der den großen Karton auf seinen Lastwagen lud, ihr versichert hatte, dass die Schuhe noch in der gleichen Woche ihre Reise zum schwarzen Kontinent antreten würden. Alice wurde ein wenig übel, von den Schmerzen, vom Anblick des vielen Blutes und von der Sorge um ihre hilf- und schuhlose Mutter. »Mutti, hilf mir einfach hoch, damit ich mich anziehen kann, und ruf ein Taxi, bitte. Das kriegen wir schon hin. Du musst nicht ohne Schuhe nach draußen, das weißt du doch. Ist ja nicht weit bis zum Krankenhaus, das schaffe ich locker alleine.« Als sie sich von ihrer Mutter hochziehen ließ, hoffte sie inständig, dass ihr Kreislauf diese wichtige Rede mit angehört hatte und in der Lage war, sich mit den Bedingungen zu arrangieren.

Bis zum Badezimmer versuchten Wellen von Übelkeit mehrmals, den Schmerz in ihrem Fuß zu verdrängen, aber der wusste sich mit lautem Pochen zu behaupten, und als sie im hellen Licht der Badezimmerlampe einen Blick auf den tiefen, langen Riss riskierte, der in ihrer Sohle klaffte, musste sie sich am Waschbecken festhalten. »Mutti, ich brauche einen Verband und eine Plastiktüte und du musst ein Taxi rufen. Jetzt sofort!« Alices Tonfall schien ihre Mutter aus der Starre zu erwecken, in die sie gefallen war, und sie lief hektisch die Treppe hinab. Während Alice sich das Gästehandtuch um den Fuß wickelte und hilflos zusah, wie sich ihr Blut unaufhaltsam durch das Frottee drängte, hörte sie ihre Mutter am Telefon sprechen. Mit ein bisschen Glück war das jetzt sogar die Taxizentrale am anderen Ende. Als der Taxifahrer zwanzig Minuten später schellte, hatte Alice es mühsam geschafft, ihren notdürftig bandagierten und in Plastik gewickelten Fuß durch ein Jogginghosenbein zu schieben. Sie warf sich noch ein T-Shirt und einen Kapuzenpullover über und hinkte unter leisem Fluchen zur Tür. »Ich bin gleich wieder da, Mutti. Mach dir keine Sorgen! Wenn es länger dauert, rufe ich dich an und sag Bescheid, wann ich komme. Ich muss mich vor der Schule ja auf jeden Fall noch umziehen.« Frau Funke knetete verzweifelt eine Rolle

Verbandsmaterial. »Ich würde ja mitkommen, aber heute ist das schlecht, ich …«
Alice signalisierte mit einer Hand dem Taxifahrer, dass es jetzt losging, und griff mit der anderen nach der Hand ihrer Mutter. »Ich komm schon klar. Das wird kurz genäht und dann bin ich gleich zurück.«
Der Taxifahrer war ein redseliger älterer Herr, der sie sofort auf den Rücksitz dirigierte, ihr dort ein Kissen unter den Fuß schob und den kurzen Weg bis zum Krankenhaus nutzte, um sie mit allen Details seiner Gallenoperation vertraut zu machen. »Seitdem – keine Beschwerden mehr! Ich kann essen was ich will!«, resümierte er begeistert und tätschelte sich liebevoll die Stelle auf seinem Bauch, an der das entfernte Organ wohl einst den Kampf gegen die bürgerliche Küche verloren hatte, als sie vor dem Krankenhaus hielten. Alice, deren Kopf es mittlerweile gefiel, mit dem Fuß im Duett zu pochen, quetschte ein schmerzerfülltes »Toll!« hervor und versuchte, sich aus dem Auto zu erheben.
»Das lassen Sie mal. Dafür haben die hier doch Leute«, polterte der Taxifahrer und bedeutete ihr zu warten. Sie sank willenlos zurück in die Polster, die schwach nach altem Rauch und stark nach frischem Duftbaum rochen, und versuchte zu verhindern, dass ihre Nase diese Duftkombination

an ihre Magennerven weitermelden konnte. Noch bevor der Taxifahrer mit einem Krankenpfleger und einem leeren Rollstuhl bei ihr angelangt war, merkte sie mit wachsender Panik, dass der Magen vom giftgrünen Duftbaum erfahren hatte und nicht länger willens war, diese Information und die kalte Pizza vom Vorabend gleichzeitig bei sich zu behalten. »Mir ist nicht gut«, wollte sie sagen, als der Taxifahrer die Tür öffnete, aber die Worte schwebten so leicht durch ihren Kopf und ihre schwere Zunge war nicht schnell genug, um ihnen zu folgen. »Schlecht …«, stieß sie schließlich hervor und kippte dem Taxifahrer vor die Füße.

Irgendjemand sprach zu laut, es war viel zu hell, irgendetwas war nass, irgendetwas tat höllisch weh und alles zusammen war falsch. Alice schlug die Augen auf und versuchte die verschiedenen Eindrücke, die sie fast gleichzeitig erreichten, zu sortieren.
»Da sind Sie ja wieder«, sagte die Stimme jetzt, und Alice fühlte mehr, als sie sah, wie das feuchte Tuch in ihrem Gesicht durch ein warmes, trockenes ersetzt wurde, das die kühle Feuchtigkeit verschwinden ließ. »Ich mache Sie noch ein bisschen sauber und dann kommt gleich die Frau Doktor zurück und kümmert sich um Ihren Fuß. Keine

Sorge, es geht Ihnen gleich besser, bleiben Sie einfach ruhig liegen, bis die Spritze richtig wirkt.«
Welche Spritze? Alice konnte sich weder an eine Spritze noch an die letzten Minuten erinnern. Wo war der Taxifahrer, sie hatte ihm doch noch gar kein Geld gegeben, oder? Eigentlich war sie doch noch nicht einmal ausgestiegen. Sie fühlte sich schwach, ihr war ein wenig übel und in ihrem Fuß schlug ein stumpfer Hammer rhythmisch auf bloßliegende Nervenstränge.
»Da kann einem schon schlecht werden, was? Wenn der Morgen so anfängt.« Die Krankenschwester strahlte sie an und maß Alices Blutdruck mit oft geübten Handgriffen. »Na, das sieht doch schon wieder viel besser aus!«
In der Tat fühlte Alice, wie sich die Nebel in ihrem Kopf widerwillig lichteten und den Blick auf einige der Ereignisse der letzten Minuten freigaben. Sie war wirklich nicht aus dem Taxi gestiegen, sondern gekippt, und hatte im Fallen ihren Mageninhalt über die weißen Birkenstocksandalen des herbeigeeilten Pflegers verteilt. »Es tut mir leid«, murmelte sie.
»Dazu gibt es keinen Grund!«, erwiderte die Krankenschwester munter. »Das ist hier ein Krankenhaus, da passiert so was jede Woche, und ich fürchte, am schlimmsten hat es sowieso Ihren Pullover erwischt.« Alice folgte mit den Augen

ihrem Daumen, der nach hinten in den Raum deutete, wo ihr Kapuzenpullover feucht und fleckig über einem Waschbecken hing. »Ich habe ihn ein bisschen ausgewaschen, das geht schon wieder raus.«

»Danke«, krächzte Alice hilflos.

»Bleiben Sie einfach ruhig liegen, es kann noch einen kleinen Moment dauern. Liegt der Fuß gut?«

Alice lauschte dem gleichmäßigen Pochen in ihrer Sohle und nickte unsicher, die Krankenschwester tätschelte ihr kurz die Hand und entschwand mit einem beruhigenden Lächeln durch eine der Türen. Wie spät war es eigentlich? Alice sah sich im Behandlungszimmer nach ihrem Handy um und entdeckte es auf dem kleinen Nachttisch. Viertel nach sechs!, das zeigte auch die Uhr über der Tür. Na prima, in nicht ganz drei Stunden wurde sie von einer Gruppe chronisch ausgeschlafener Lehrer erwartet, um ihnen bei der Beantwortung einiger Fragen, die sie zu Geschichte und Bedeutung der lateinamerikanischen Befreiungskirche hatten, behilflich zu sein. Ich muss Markus anrufen, damit er mich hier abholt und zur Schule fährt, dann werde ich das schon schaffen, dachte sie und hatte gleichzeitig das Gefühl, dass ihr im Moment nicht einmal ohne zwei oder drei deutliche Hinweise einfallen würde, welcher Religion der Papst angehörte.

Die Tür unter der Uhr öffnete sich in diesem Moment und eine junge, schlanke Frau in weißen Jeans und weißem Kittel, um deren Hals so lässig ein Stethoskop baumelte, als wäre es ein exotisches Schmuckstück, betrat summend den Raum, stellte sich neben Alices Liege und streckte ihr mit freundlichem Lächeln die Hand entgegen. »Guten Morgen, ich bin Dr. Hannah Kehl, ich höre, Sie könnten etwas Hilfe mit ihrem Fuß gebrauchen?«
Alice starrte die Lichtgestalt, die plötzlich in ihrer immer noch leicht nebligen und schmerzverzerrten Welt erschienen war, mit offenem Mund an. Ein paar rotblonde Strähnen waren der jungen Ärztin aus dem sorgfältig geflochtenen Zopf an ihrem Hinterkopf entkommen und fielen jetzt, da sie sich leicht vorbeugte, in das schöne Gesicht mit den vielen kleinen Sommersprossen. Da Alice nicht reagierte, setzte sie sich auf den Rand der Liege, suchte sich am Handgelenk Alices Puls und schaute dabei auf ihre Uhr »Der ist aber ganz kräftig, Frau …?«
»Funke«, antwortete Alice, die ihr Herz selber allzu laut schlagen hörte, schnell. »Alice Funke.«
Die junge Ärztin lächelte und begann die Kompresse von der Schnittwunde am Fuß zu lösen. »Was ist denn überhaupt passiert? Und sagen Sie jetzt bitte nicht, Sie kommen von einem

Selbsterfahrungsseminar, bei dem man morgens um fünf über Glas laufen musste.«

»Kein Seminar«, antwortete Alice und musste trotz des Schmerzes, der sie jetzt, da die Wunde offen lag, wieder stärker durchfuhr, lächeln. »Ich habe in meinem Zimmer ein Windlicht von der Fensterbank geworfen und bin dann in die Scherben getreten.«

»Im Dunkeln und aus Versehen«, setzte sie nach, als sie den fragenden Blick ihres Gegenübers bemerkte.

»An der Nummer müssen Sie aber noch arbeiten«, sagte die Ärztin und untersuchte den Riss fachkundig. »Das machen wir jetzt schön sauber, dann wird's betäubt, wir ziehen die Wunde mit ein paar kleinen Stichen zusammen und dann gibt's noch zwei leckere Tetanus-Spritzen obendrauf. In zwei Wochen können Sie das Ganze dann noch einmal mit glühenden Kohlen versuchen. Irgendwelche Allergien?« Sie lächelte ermunternd, während sie begann die Spritze aufzuziehen, und in ihren hellen Augen spiegelte sich das helle Licht der Deckenlampe.

»Keine«, antwortete Alice schwach und versuchte sich zu erinnern, ob sie schon einmal so schöne Augen gesehen hatte.

Während sie gemeinsam darauf warteten, dass die Spritze zu wirken begann, diktierte Alice der

Ärztin ihre Daten in einen riesigen Fragebogen. Nachdem sie sowohl Alices Versicherungsstatus als auch ihre medizinische Vorgeschichte erfasst hatte, hob sie den Kopf. »Sie sind allein hier, nicht wahr? Die Schwester kann Ihnen später ein Taxi rufen, das Sie nach Hause bringt. Ich gebe Ihnen ein paar Gehstützen mit, mit dem Fuß werden sie nämlich mindestens eine Woche weder über Glas noch über weniger hinterhältige Beläge laufen. Und die nächsten drei Tage wäre es mir am liebsten, wenn Sie außer zur Nachuntersuchung und zur Toilette nirgendwo hingingen.«

Alice richtete sich alarmiert auf. »Das geht nicht! Ich habe heute meine mündliche Abiturprüfung in Religion, und da muss ich um neun Uhr sein.«

»Ich fürchte, die werden auf Sie verzichten müssen. Ich schreibe ihnen ein Attest, und dann sollte das eigentlich kein Problem sein.« Ihr schien noch ein Gedanke zu kommen. »Und wir rufen gleich um sieben als Erstes in ihrem Schulsekretariat an.« Sie lächelte, während sie einen bläulichen Faden an einer gebogenen Nadel befestigte. »Morgendliche Anrufe aus Krankenhäusern machen den Ernst der Lage auch für Religionslehrer klar. Wissen Sie die Nummer?«

Alice war von dieser Entwicklung überrascht wieder zurück auf die Liege gesunken und nickte abwesend. Irgendein unterbeschäftigter Schicksalswächter hatte also offensichtlich in den letzten Monaten ihren inneren Monologen gelauscht und sich kurz vor dem Ende einen schmerzhaften Weg überlegt, ihre Gebete kurzfristig zu erhören. »Stümper!«, murmelte sie in die Richtung der Zimmerdecke.

»Was?«, die Ärztin hielt vor dem zweiten Stich inne und sah Alice unsicher an.

»Nicht Sie, um Gottes willen, Sie waren nicht gemeint! Ich meinte mich.« Alice wurde knallrot und sah zur Seite.

»Gut zu wissen, aber Sie sollten nicht so hart mit sich selber sein, die meisten Menschen haben Probleme damit, barfüßig über scharfkantige Gegenstände zu laufen.« Sie zog die Nadel ein drittes Mal durch Alices Fuß und fragte: »Wo gehen Sie denn zur Schule?«

»Kopernikus-Gymnasium, hier direkt im Zentrum«, antwortete Alice.

»Wirklich?« Das freundliche Lächeln auf dem Gesicht der Ärztin vertiefte sich. »Ist Dutschke noch da und prophezeit in jeder Stunde, dass der Kapitalißmuß die Menßheit demnächst komplett auslößt?« Sie ahmte den Sprachfehler des Geschichtslehrers, der eigentlich Durke hieß und dessen politische Aktivitäten als Student in den sechziger Jahren zu seinem Spitznamen geführt hatten, so perfekt nach, wie es sonst nur Markus konnte.

»Wurde letztes Jahr wegen anhaltender Herzrhythmusstörungen dauerhaft auf eine Terrasse in der Toskana versetzt.« Alice grinste und richtete sich ein wenig auf. »Sie waren auf dem Kopernikus?«

»Neun lange Jahre.« Die Ärztin zeigte mit der krummen Nadel auf sich. »Abi 90.«

Aus einem Impuls, den sie nicht an sich kannte, reichte Alice der Ärztin in komischer Feierlichkeit die Hand. »Eine Ehemalige, ich bin beeindruckt. Ich habe zwar schon von Überlebenden gehört, die es im Leben zu etwas gebracht haben, bin aber noch nie einer begegnet.« Sie neigte den Kopf, um eine Verbeugung anzudeuten. »Abi 1999, wenn das mit Religion noch klappen sollte.«

Die Ärztin streifte sich den Gummihandschuh von der Hand und schüttelte mit der gleichen gespielten Ernsthaftigkeit zurück. Alice konnte nicht glauben, mit welch warmer Perfektion sich diese fremde Hand um ihre schloss. Sie erwiderte den leichten Druck und schaute zu, wie sich die Hände miteinander wiegten. Als sich ihre Finger schließlich voneinander lösten, war die fröhliche Stimmung im Raum einer leichten Verlegenheit gewichen.

Alice sank wortlos in ihr Kissen zurück und schloss die Augen, die Ärztin nahm sich einen neuen Gummihandschuh und setzte ihre Arbeit fort.

Hinter ihren geschlossenen Lidern konnte Alice weiterhin deutlich sehen, wie die beiden Hände sich miteinander bewegten, sie versuchte unruhig herauszufinden, warum ihr geistiges Auge von dieser belanglosen Geste eine Großaufnahme gemacht hatte, die es jetzt in Zeitlupe wieder und wieder abspielte.

»Kommen Sie noch alleine zurecht, Frau Doktor? Raum zwei dauert länger.« Eine Schwester steckte hektisch den Kopf ins Zimmer und verschwand, nachdem die Ärztin genickt hatte, genauso schnell wieder hinter der sich schließenden Tür. Im Raum hörte man nichts außer dem Ticken der Uhr und den leisen Geräuschen, mit denen die Ärztin Alices Fuß nähte. Ich sollte irgendetwas Witziges sagen, dachte Alice, damit wir weiterreden. Oder sie etwas fragen, zum Beispiel, ob sie gerne auf Kopernikus gegangen ist oder ob sie Lust hat, meinen anderen Fuß auch noch zu nähen, oder mir den Arm zu brechen und ihn dann in Gips zu legen oder …

»Gehen Sie gerne aufs Kopernikus?«, fragte in diesem Moment die Ärztin, während sie begann, Alices Fuß zu verbinden.

Alice schaute wieder in diese funkelnden Augen, deren Glanz sie nicht auf die helle OP-Lampe über ihrer Liege schieben wollte, und suchte nach einer lustigen, spontanen und interessanten Antwort.

»Sehr gerne!«, sagte sie dann und hasste sich dafür.
»Ging mir auch so«, sagte die Ärztin nachdrücklich. »Und ich wollte eigentlich schon, seit ich wieder hier bin, mal vorbeischauen, um zu gucken, wen ich von den Lehrern noch kenne, aber wenn man so lange weg ist, kommt man sich blöd vor, so einfach in irgendeiner Pause im Lehrerzimmer zu erscheinen.«
In Alices Kopf wurde es plötzlich Frühling und sie sprudelte fast heraus: »Kommen Sie doch zu unserer Abiturfeier, da haben Sie auch das ganze Kollegium in einem Raum. Und die meisten sogar gewaschen und gekämmt.«
Obwohl man in Dr. Kehls Gesicht deutlich sehen konnte, dass ihr der Gedanke gefiel, wehrte sie schmunzelnd ab. »Was soll ich denn auf Ihrer Abiturfeier, da habe ich ja noch weniger verloren als im Lehrerzimmer.«
»Falsch!«, sagte Alice vehement. »Sie verhindern in diesem Moment durch Ihren selbstlosen Einsatz, dass eine hoffnungsvolle Abiturientin in der Blüte ihrer Jahre von einer heimtückischen Infektion dahingerafft wird.« Sie richtete sich wieder auf, soweit es ging, strich sich die zerzausten Locken glatt und räusperte sich demonstrativ. »Sie könnten mein Ehrengast sein.« Sie wusste nicht, welcher bis jetzt tief in ihr verborgene Charakterzug diese Einladung so formuliert hatte, sie wusste

auch nicht, ob sie charmant oder blöd geklungen hatte, sie wusste nur, dass alle ihr bekannten Teile ihrer Persönlichkeit erschreckt oder peinlich berührt den Kopf schüttelten. Die Ärztin strich eine nicht vorhandene Unebenheit an Alices bandagiertem Fuß glatt und ging dann schweigend zum Schreibtisch hinüber, wo sie begann, irgendwelche Daten in eine Karteikarte zu übertragen.

Wie peinlich, dachte Alice. Wie konnte ich nur glauben, dass sie wirklich Lust hat zu kommen? Da hätte sie ja viel zu tun, wenn sie mit jedem Patienten gleich eine Verabredung trifft.

Verabredung? Wer hatte den irgendetwas von einer Verabredung gesagt?

»Wir beide sehen uns morgen früh wieder«, sagte die Ärztin in diesem Moment, stand auf und legte ihr auf dem Weg zur Tür mit freundlichem Blick kurz eine Hand auf die Schulter. »Um neun, wenn das für Sie okay ist, dann sehe ich mir den Fuß noch einmal an und bis dahin weiß ich vielleicht auch, ob ich mich der geballten Eleganz eines festlich gekleideten Kopernikus-Kollegiums stellen kann. Ich finde es auf jeden Fall sehr nett, dass Sie mich eingeladen haben. Bleiben Sie liegen, die Schwester sorgt, sobald sie Zeit hat, dafür, dass Sie ein Taxi bekommen, und ich rufe gleich in der Schule an.«

Alice spürte die flüchtige Berührung der Hand dieses Mal kaum, so stark war die Welle der

Erleichterung, die sie durchspülte. »Bis morgen«, sagte sie leise zu dem Zipfel des weißen Kittels, der als Letzter durch die Tür verschwand.

Ruth Funke hatte seit dem nächtlichen Unfall ihrer Tochter die Topfpflanze wieder eingepflanzt, die um das Bett ihrer Tochter verstreuten Bücher eingesammelt und sämtliche Böden des Hauses gewischt und gesaugt, auch die, die nicht einmal in die Nähe des blutenden Fußes gekommen waren, und war gerade beim letzten, als sie hörte, wie die Haustür aufgeschlossen wurde. »Alice.« Sie stürmte die Treppe hinab und umarmte ihre Tochter so heftig, dass diese fast das Gleichgewicht verlor. »Da bist du ja endlich wieder!«.
Alice erwiderte die Umarmung ihrer Mutter, soweit sie das mit zwei Krücken konnte, und humpelte dann bis zur Küche, wo sie sich auf einen Stuhl fallen ließ.
»Das sieht ja schlimm aus.« Frau Funke musterte den professionell bandagierten Fuß und das leicht gerötete Gesicht ihrer Tochter. »Hast du Fieber?«
Interessanterweise hatte Alice sich das im Taxi auch schon gefragt, als sie im Rückspiegel einen kurzen Blick auf die hektischen Flecken auf ihren Wangen werfen konnte. Aber sie fühlte sich nicht so, als ob sie Fieber hätte, sie fühlte sich nur zu wach, ihre Hände waren unruhig und ihre Haut zu emp-

findlich. »Alles okay, Mutti. Nur meine Prüfung in Religion muss heute ausfallen, ich werde gleich mal in der Schule anrufen und herausfinden, wie das jetzt weitergeht, und dann lege ich mich erst mal hin. Ich muss morgen früh um neun wieder ins Krankenhaus, zum Nachgucken. Wir müssen dann nachher auch noch klären, wie wir das in der nächsten Zeit mit dem Einkaufen machen, vielleicht kannst du Frau Würzinger fragen, ob sie uns was mitbringt.«

Frau Würzinger wohnte nach ihrer Scheidung und dem Auszug ihrer erwachsenen Töchter allein im Haus nebenan und kam sowieso dreimal die Woche nach dem Einkaufen zum Kaffeetrinken. Ruth Funke nickte hilflos und ängstlich, und zum tausendsten Mal schwor sich Alice, als Nächstes damit zu beginnen, ihre Mutter nachdrücklich von den Vorteilen einer Therapie zu überzeugen, aber sie wusste auch, dass es jetzt, wo ihre Mutter sich aufgeregt hatte, keine gute Idee war, das Thema anzusprechen. Sie legte den Arm um ihre Mutter und zog sie an sich. »Wir schaffen das schon, Mutti, wir haben das immer geschafft. Leg dich doch auch noch ein bisschen hin und später trinken wir schön zusammen Kaffee.«

»Leg du dich ruhig hin, ich putze gleich noch die Fenster und dann gehe ich durch den Garten zu Frau Würzinger und frage sie, ob sie uns Gulasch mitbringen kann, das magst du doch am liebsten, oder? Durch den Garten kann ich auch ohne Schuhe.«

Alice versuchte begeistert zu nicken, hinkte dann die Treppe hinauf und schloss ihre Zimmertür seufzend hinter sich. Es gab da offensichtlich noch einige andere Sachen zwischen ihr und ihrer Mutter, die danach schrien, angesprochen zu werden. Sie hatte Gulasch mit Nudeln als Kind wirklich geliebt, aber da ihre Mutter seit dem Auszug des Vaters mindestens zwei Mal die Woche den immer gleichen Gulasch kochte, um ihr eine Freude zu machen, war diese Leidenschaft in den letzten drei Jahren merklich schwächer geworden. Warum nicht alles heute erledigen, dachte Alice müde, ich rufe erst die Schule an, danach lege ich mich hin, nach dem Aufwachen überzeuge ich Mutti von den Vorteilen einer Therapie, nebenbei erkläre ich ihr, dass ich gerne mal Fisch essen würde, und abschließend erzähle ich ihr, dass mir heute Morgen die schönste Frau der Welt den Fuß genäht hat. Sie streckte sich vorsichtig auf ihrem Bett aus, verbarg das Gesicht in den Händen und begann zu weinen.

Als Alice um zwölf erwachte, standen Markus und ihre Mutter am Fußende des Bettes, und beide tuschelten besorgt und nicht wirklich leise. Alice blinzelte unter ihren verschwollenen Augenlidern hervor und fühlte, noch bevor sie etwas sagen konnte, den Schmerz in ihrem Fuß anschwellen. Sie stöhnte kurz auf und das Tuscheln verstummte erschreckt. »Könntest du mir ein Kissen unter den Fuß legen, Mutti?«

»Natürlich Kind!« Frau Funke schob vorsichtig eines der Sofakissen unter den bandagierten Fuß und Markus beugte sich zärtlich über sie. »Was machst du denn für Sachen? Du hättest doch sagen können, das du noch ein paar Tage mehr Zeit für Religion brauchst.« Er lächelte unsicher und strich über ihre Wange. »Du brauchst nicht mehr in der Schule anrufen, ist schon alles geklärt. Du hast schon einen neuen Termin, am Montag in zwei Wochen.«

Alice sah ihn an und lauschte zu gleichen Teilen seinen Worten, dem Brummen in ihrem Kopf und dem Klopfen in ihrem Fuß.

»Ich gehe dann mal in die Küche und lass' euch alleine«, sagte Frau Funke und ging.

»Alle sind sehr besorgt und der Direx lässt dir seine besten Genesungswüsche ausrichten. Der Anruf des Arztes aus dem Krankenhaus hat das Sekretariat ordentlich aufgescheucht, heute Morgen. Frau Nattkamp aus dem Vorzimmer des Direktors hat jedem, der es nicht hören wollte, vom riesigen Riss in deinem Fuß erzählt. Da hat der Arzt, der deinen Fuß genäht hat, echt ganze Arbeit geleistet. Mit dem Anruf, meine ich.«

»Es war eine Ärztin.« Alice fühlte, wie ihr Herz den Rhythmus des Fußes aufnahm und im Takt mitpochte. »Und sie war früher auch auf dem Kopernikus.« Und sie hat Haare wie reifer Weizen und leuchtende Augen und ihre Hände …

»Auch gut.« Markus griff nach ihrer Hand und drückte sie fest. »Du siehst ganz schön mitgenommen aus. Ich komme morgen vorbei und fahre dich ins Krankenhaus, deine Mutter sagt, du müssest um neun da sein?«

Alice nickte und überlegte, ob sie ihre neue Jeans wohl morgen früh ohne Schmerzen über den Verband bekäme, wenn das klappte, dann könnte sie doch dazu den schwarzen Pullover anziehen und … Ihr wurde bewusst, dass Markus immer noch an ihrem Bett stand und sie erwartungsvoll ansah. »Morgen um neun, stimmt. Es ist supernett von dir, mich zu fahren.« Er lächelte und schien immer noch auf etwas zu warten.

Im selben Moment fiel es ihr wie Schuppen aus den Haaren und sie griff nach seiner Hand. »Mein Gott, wie ist deine Mündliche in Soziologie gelaufen?«

Er streichelte mit seinem Daumen über ihren Handrücken und strahlte sie vielsagend an. »Was meinst du denn?«

Sie lächelte zurück. »Du Streber! Unter einer Eins hast du es doch bestimmt nicht getan.«

Er zuckte lachend mit den Schultern. »Was sollte ich denn machen? Die Fragen waren aber so was von haargenau diejenigen, die ich erwartet hatte, dass es unhöflich gewesen wäre, sie nicht detailliert zu beantworten.« Er beugte sich zu ihr, küsste sie sanft auf den Mund und flüsterte. »Number One, Baby. In zwei Wochen ziehst du nach und wir feiern unser braves Einser-Streber-Abitur mit einer ganz wenig braven Nacht.« Sie küssten sich und während seine Zunge mit freudigem Ungestüm in ihren Mund drängte, sah sie plötzlich, wie Hannah Kehl sich über sie beugte und eine Hand auf ihre Schulter legte.
Das ist seltsam, dachte Alice, das ist sehr seltsam.

Bis zum Abend waren die Schmerzen im Fuß so stark geworden, dass es Alice schwerfiel, überhaupt einen klaren Gedanken zu fassen. Sie verfluchte sich dafür, das Angebot der Ärztin, ihr ein paar Schmerztabletten mitzugeben, nicht angenommen zu haben, und war froh, als ihre Mutter im Badezimmerschrank noch ein paar Aspirin entdeckte, deren Haltbarkeitsdatum nicht schon vor Monaten verstrichen war. »Ich hätte Frau Würzinger bitten sollen, zur Apotheke zu gehen, aber jetzt ist dafür zu spät. Ich sage ihr morgen Bescheid.«
Bloß nicht, dachte Alice, die am späten Nachmittag die dreißigminütige Schilderung des Fachgesprächs

erduldet hatte, das zwischen Frau Würzinger und der Fachverkäuferin im neuen Supermarkt nötig gewesen war, um das perfekte Fleisch für den Gulasch auszuwählen. Sie mochte sich gar nicht vorstellen, welche Geheimnisse der Pharmaindustrie Frau Würzinger dem Apotheker entlocken würde.

Soll das mein Leben bleiben?, dachte sie müde. Sind Frau Würzingers Betrachtungen des örtlichen Einzelhandels meine Zukunft

»Lass mal. Ich werde jetzt schlafen und morgen früh gehe ich doch ins Krankenhaus und dort bekomme ich bestimmt Tabletten. Gute Nacht, Mutti.« Sie schloss demonstrativ die Augen und lauschte den Geräuschen, die ihre Mutter machte oder besser nicht machte, denn Frau Funke blieb unschlüssig im Zimmer ihrer Tochter stehen. Alice holte tief Luft und öffnete die Augen wieder. »Ist alles in Ordnung?«

»Du hast so gut wie nichts von dem Gulasch gegessen ...« Alices Mutter fuhr mit der Hand über eine Kommode und schien nach dem Staub zu suchen, den sie am frühen Morgen weggewischt hatte.

»Mutti, ich habe Schmerzen und da wird mir leicht übel. Morgen ist es bestimmt schon besser und dann esse ich den Rest. Geh jetzt schlafen.« Sie schloss die Augen wieder, und wirklich konnte

sie hören, wie ihre Mutter sich leise bewegte. Sie näherte sich aber nicht der Tür, sondern dem Bett und drückte Alice einen vorsichtigen Kuss auf die Stirn. »Ich hätte dich begleiten müssen, heute«, flüsterte sie in Alices Ohr und ging dann aus dem Zimmer.
Alice drehte sich, soweit der Fuß das zuließ, in ihre seitliche Schlafposition und drückte ihren Kopf in das Kissen. Der Fuß pochte dank der Aspirin nicht mehr auf Eisen, sondern nur noch auf Watte. Wir müssen dringend etwas ändern, dachte sie vor dem Einschlafen und fragte sich gleichzeitig, wieso sie sich in den Fuß schneiden musste, um das zu merken.

»Sie sind nur zum Nachsehen hier?«, fragte die zweite Schwester innerhalb der letzten Stunde.
»Ja«, antwortete Alice und bewegte den bandagierten Fuß, der auf einem zusätzlichen Stuhl ruhte, demonstrativ.
»Einen kleinen Moment noch. Das schaut sich gleich jemand an.« Die Schwester verbog ihren Mund zu einer schiefen Kurve, die Alice an ihren Geometrieunterricht erinnerte, aber wohl ein beruhigendes Lächeln sein sollte, und verschwand wieder hinter einer der weißen Türen. Da ihre Kollegin vor dreißig Minuten mit einer ähnlichen Grimasse Hoffnung auf baldige Behandlung

ausgedrückt hatte, ohne dass irgendetwas passiert war, ging Alice mittlerweile davon aus, dass dieser Satz ihrer Beruhigung dienen sollte und keinesfalls Auskunft darüber gab, wie lange es wirklich dauern würde, bis sich jemand ihrer Verletzung widmete. Wobei sie, wenn sie ehrlich war, das »Jemand« in den Worten der Schwester erheblich mehr gestört hatte als die vage Zeitangabe. Ich habe einen Termin bei Frau Dr. Kehl. Sie muss sich meinen Fuß anschauen, hatte sie eigentlich sagen wollen, aber sie hatte sich angesichts der schnell sinkenden Mundkurve im Gesicht der Schwester natürlich nicht getraut. Markus hatte sie in der Ambulanz abgesetzt und war dann zur Schule gefahren, um zusätzliche Bilder für ihre Abiturzeitung zu machen, danach wollte er sie wieder abholen. Alice war das sehr recht gewesen. Zwar fand sie es rührend, wie er sich um sie sorgte und auf dem Weg ins Krankenhaus zum Lachen brachte, aber hier im Krankenhaus hatte sie seine Anwesenheit unruhig gemacht und sie war froh gewesen, allein zu sein. Sie hatte sich zwei der Stühle auf dem Gang ausgesucht und interessiert dem hektischen Treiben der morgendlichen Ambulanz zugesehen. Ständig klappten Türen auf und zu und weiße Kittel huschten von einem ins andere Zimmer. Einmal glaubte Alice die Spitze eines rotblonden Zopfes in einem der Zimmer erkennen zu können, aber die

Tür schloss sich so schnell wieder, dass sie nicht sicher war. Ein anstrengender Beruf, dachte sie. Ob Hannah Kehl wohl viel Freizeit hatte? Immerhin war sie noch jung, gerade mal zehn Jahre älter als sie selber war, und sie würde doch wohl ab und zu ihre Zeit ohne weißen Kittel verbringen wollen. Obwohl der ihr gut stand. Sie sah wieder vor sich, wie die Ärztin sich über sie beugte und ihr die Hand auf die Schulter legte. Sogar das Stethoskop stand ihr gut. Wieder klappte eine der Türen auf und Alice schaute zu, wie eine Krankenschwester eine Röntgenaufnahme über den Flur trug. Ob sie wohl gerne ins Kino ging? Vielleicht käme Alice ja auf der Abiturfeier dazu, sie zu fragen. Falls sie überhaupt auf die Abiturfeier kam, in ihrer spärlichen Freizeit. Immer, wenn Alices Gedanken bei der Ärztin landeten, fiel ihr Blick prüfend auf das ausgestreckte Bein und den bandagierten Fuß. Die lange Sporthose, die sie trug, beulte sich am Knie stark aus und sie hatte diese Beule, während sie hier wartete, schon einige Male vergeblich glatt gestrichen. Das sah einfach alles andere als vorteilhaft aus. Sie hatte alles versucht, eine Jeans oder wenigstens eine Cordhose über den bandagierten Fuß zu bekommen, aber die engen Hosenbeine verwandelten jeden Versuch in eine Tortur. So blieb also wieder nur eine Sporthose, diese war zumindest etwas weniger verwaschen als die gestrige.

Ob Hannah Kehl das wohl aufgefallen war, gestern? Ob sie das gesehen hatte, als sie bewusstlos auf der Bahre lag? Hoffentlich nicht.

»Frau Funke?«
Alice erwachte aus der Betrachtung ihrer Beinbekleidung und schaute in das Gesicht einer weiteren Krankenschwester, die mit der Hand auf eine Tür am Ende des Ganges deutete.
»Behandlungszimmer 2, soll ich Ihnen helfen?«
»Nein, das geht schon«, antwortete Alice und griff nach ihren Gehstützen. Die wenigen Schritte zur Tür ließen den herabhängenden Fuß sofort wieder stärker pochen, aber was Alice viel stärker wahrnahm, war, dass ihr Herz auf dem Weg über den Gang auch wieder begann, lauter zu klopfen. Sie legte sich im Behandlungsraum so bequem wie möglich auf die schmale Liege und sah zu, wie die Schwester den Verband entfernte.
»So …«, sagte diese schließlich, während sie die Reste des Verbandes im Vorbeigehen in einen Eimer fallen ließ und aus dem Zimmer eilte, »… das sieht sich gleich jemand an und dann verbinden wir neu. Kleinen Moment.«
»Kein Problem«, sagte Alice zu der geschlossenen Tür und fand sich sehr höflich.
Die Tür öffnete sich wieder und ein junger Arzt betrat mit müdem Lächeln das Zimmer. Er trat

an ihre Liege und reichte ihr die Hand. »Dr. Feldmann, guten Morgen. Sie haben Probleme mit ...?« Er schaute sie fragend und ein wenig gleichgültig an und Alice spürte den Schmerz in ihrem Fuß plötzlich so deutlich, dass ihr wieder ein wenig übel wurde.

«Meinem Fuß«, flüsterte sie fast.

Er blickte kurz auf ihren Fuß und nahm sich dann die Akte, die auf dem kleinen Schreibtisch neben dem Waschbecken lag. »Unfall? Sie sind gestern Nacht genäht worden? Irgendwelche Probleme?«

»Probleme?« Alice war sich nicht sicher, welche Art von Problemen er meinte. Und sie hatte überhaupt keine Lust, ihm irgendetwas über sich oder ihre Probleme zu erzählen. Wo war Hannah Kehl?

Er ging zu ihrem Fuß zurück und drehte ihn ins Licht. Alice stöhnte auf.

»Schmerzen?«

Sie nickte fast wütend.

Der Arzt betastete die Wundränder und murmelte vor sich hin. Im Gegensatz zu ihrem letzten Aufenthalt fühlte sich Alice diesmal nicht wie ein Mensch, der einen Unfall gehabt hatte, sondern wie ein einzelner genähter Fuß, an dem lästigerweise ein Mensch hing.

»Sieht doch ganz gut aus. Kleine Entzündung, aber das kriegen wir hin. Ich schreibe Ihnen ein paar Antibiotika auf, und für den Rest der Woche sind

Sie ja sowieso krankgeschrieben. Der Fuß braucht Ruhe.« Er wandte sich wieder der Karteikarte zu, schrieb schnell ein paar Worte und kam dann zu ihr zurück. »Die Schwester erklärt Ihnen den Rest und verbindet Sie neu. Keine Experimente, wenig Laufen, und wir sehen uns dann Ende der Woche wieder. Sollte der Fuß anschwellen, müssten Sie allerdings sofort vorbeikommen.« Er streckte ihr wieder die Hand entgegen, Alice drückte sie kraftlos, und bevor sie noch ihre wichtigste Frage formulieren konnte, war der Arzt aus dem Zimmer verschwunden.

Frisch bandagiert lag Alice am selben Nachmittag auf der Wohnzimmercouch ihrer Mutter und starrte in den nicht eingeschalteten Fernseher. Die Schmerztabletten, die ihr der Arzt verschrieben hatte, waren wirklich um einiges besser als die Aspirin aus dem Badezimmerschrank, und die Schmerzen in ihrem Fuß kaum noch spürbar. Umso deutlicher spürte sie die Enttäuschung, die sich in den letzten Stunden unaufhaltsam in ihrem Inneren breit gemacht hatte. Der Erste, der Opfer ihrer schlechten Laune geworden war, war Markus, der schon auf dem Flur saß, als sie aus dem Behandlungszimmer kam. »Da bist du ja. Alles okay?«
»Ganz prima.« Sie ging auf ihre Krücken gestützt an ihm vorbei Richtung Ausgang. Markus beeilte sich,

mit ihr Schritt zu halten. Sie hinkte eine Weile schweigend neben ihm her. »Wie viele Leute kennst du, die mit entzündetem Fuß durch ein Krankenhaus voller unfreundlicher Ärzte hinken, bei denen alles okay ist?«, fauchte sie ihn am Auto angekommen von der Seite an.
»Tut mir leid.« Er tätschelte liebevoll ihre Hand. »Ich wollte eigentlich nur wissen, ob mit dem Fuß alles in Ordnung ist.«
»Ist entzündet.« Alice hatte sich nicht einmal mehr dazu bringen können, einen ganzen Satz zu sprechen, und während der Fahrt wortlos aus dem Fenster gestarrt.
»Alles in Ordnung? Wer hat denn heute den Fuß behandelt?«, hatte auch ihre Mutter freundlich gefragt, als Alice die Wohnung betreten hatte, und sich eine schroffe Antwort eingefangen. »Irgend so ein Arzt, woher soll ich wissen, wie die alle heißen.« Ihre Mutter hatte sie leicht verletzt angesehen und so hatte Alice dieses Mal noch einen freundlichen Satz hinterhergequält. »Der Fuß ist ein bisschen entzündet. Ich soll mich ausruhen und muss Antibiotika nehmen.«
Für ihre Mutter hatte das gereicht und Markus schob ihre Laune sicherlich auch auf ihren angegriffenen Gesundheitszustand
Und jetzt lag sie hier und versuchte sich vergeblich auf die Religionsaufzeichnungen zu konzentrieren.

Obwohl sie jeden Menschen, der ihr nahestand, in den letzten Stunden angefahren hatte, war sie, das stellte sie erstaunt fest, eigentlich gar nicht wütend oder schlecht gelaunt. Sie war tieftraurig und fühlte sich ausgebrannt. Sie blätterte die Seiten des Schnellhefters durch, in der Hoffnung, eine Textstelle zu finden, die es schaffte, ihre Aufmerksamkeit zurück auf das Fach Religion zu lenken, aber ihr Blick irrte ziellos über die Worte und Sätze, als handelte es sich um eine fremde Sprache. Alles, was sie in den letzten Wochen gelernt hatte, schien aus ihrem Kopf verschwunden zu sein. Sie musste sich einfach konzentrieren. In nicht ganz zwei Wochen würde sie zu diesen Themen, einige langfristig geplante und kurzfristig aufgeschobene Fragen beantworten müssen. Ihre Augen verließen unwillkürlich den Text und hefteten sich wieder an den dunklen Fernseher, der schwach ihre Umrisse spiegelte. Alles würde nach dieser letzten Prüfung so weiterlaufen, wie es seit Monaten geplant war. Sie würden feiern und dann würde sie mit Markus wegfahren und sich danach nach einem Studienplatz in der Nähe umsehen. Ihr Fuß würde heilen und die ganze Geschichte würde wahrscheinlich als weitere Anekdote in der Abiturzeitung enden. In zehn Jahren würde Katja oder irgendjemand sie auf einem Klassentreffen auf ihren Unfall ansprechen, und sie würde sich nicht einmal mehr an den Namen der Ärztin, die ihr den Fuß genäht hatte, erinnern. Eine einzelne Träne tropfte auf ihre Aufzeichnungen, und die beiden Buchstaben des ersten Satzes schauten sie plötzlich vorwurfsvoll durch eine kleine wässrige Kontaktlinse an. Immer mehr kleine Linsen erschienen auf dem Papier und vergrößerten willkürlich einzelne Buchstaben und kleine Worte. Alice hielt das Blatt ganz ruhig und gerade. Es liegt an mir, dachte sie, alles bleibt an seinem Platz, solange ich mich nicht bewege. Und das willst du?, fragte einer der Zweifel, die seit zwei Tagen in ihrem Kopf eingezogen waren. Nein, dachte sie und ließ die rechte Hand das Papier heben. Die Linsen zerflossen eilig und rissen auf ihrem Weg zum unteren Blattrand Buchstaben, Sätze und Satzzeichen mit. Nein, das will ich nicht.

»Sie haben ein taubes Gefühl im verletzten Fuß?« Die Schwester an der Ambulanzpforte schaute sie gleichgültig an.
»Ja, ich spüre meine Fußsohle manchmal gar nicht mehr. Wie abgestorben.« Alice versuchte Dringlichkeit in ihre Beschreibung zu legen. Sie hatte leider in keinem ihrer Biologiebücher etwas über Komplikationen bei Schnittwunden gefunden und sich so auf gut Glück für dieses, wie sie fand, alarmierende Symptom entschieden, das

einen neuerlichen Besuch im Krankenhaus nötig machte. Markus hatte sie mit besorgtem Gesicht am frühen Morgen abgesetzt, ohne viele Fragen zu stellen, und versprochen, sie wieder abzuholen.
»Wahrscheinlich ist der Verband zu eng. Setzen Sie sich draußen hin, wir schauen uns das gleich mal an.« Die Schwester klang alles andere als alarmiert und wandte sich ungerührt dem nächsten Patienten zu.
»Könnten Sie wohl Frau Dr. Kehl bitten, sich das anzusehen?« Alice senkte die Stimme zu einem vertraulichen Ton. »Wir kennen uns. Sie hat den Fuß auch genäht.«
»Frau Dr. Kehl hatte Bereitschaft und geht jetzt gleich nach Hause«, antwortete die Schwester abweisend, während sich hinter ihr eine Tür öffnete und Hannah Kehl mit mehreren Karteikarten in der Hand in den Raum kam. Sie schaute auf und sah Alice am Türrahmen lehnen.
»Hallo, Kopernikus!« Ihre Augen hatten tiefe Schatten und sie sah müde aus, aber sie lächelte Alice freundlich zu. »Probleme mit dem Fuß?«
Alice lächelte zurück. »Ja«, sagte sie glücklich.
»Dann schau ich mir das doch eben noch mal an. Kommen Sie mit durch.« Sie drehte sich um und bedeutete Alice, ihr in das hintere Behandlungszimmer zu folgen. Alice nahm beide Gehstützen in eine Hand und hüpfte an der

Schwester, die unwillig den Kopf schüttelte, vorbei, hinter ihr her. Sie setzte sich auf den Rand der Liege und legte den Fuß auf den mit Papier abgedeckten unteren Teil.
»Ganz kleinen Moment. Ich muss noch ein bisschen Papierkram erledigen, bevor ich gleich Feierabend habe.«
»Ich warte gerne.« Alice legte ihr ganzes Glück über das Wiedersehen in ihren Satz. Außerdem stimmte es auch, stellte sie fest. Sie hätte stundenlang zusehen können, wie Hannah Kehl mit schnellen großen Buchstaben die Karten füllte und dabei ab und zu ein paar Haarsträhnen aus dem Gesicht strich. Sie sah auf eine liebenswerte Art derangiert aus. Ihr Gesicht hatte, wenn es so konzentriert war, gerade, fast strenge Züge, die sich trotzdem mit den Lachfältchen, die ihre Augen umgaben, zu verstehen schienen. Auf dem Arm, mit dem sie schrieb, tanzten zwei blaue Venen über eine definierte Muskulatur zu den schlanken Fingern. Harmonie, dachte Alice, so sieht Harmonie in Bewegung aus.
»Fertig!«, sagte die Ärztin schließlich, drehte sich um und grinste Alice zu. »Sie sind also nicht richtig zufrieden mit meiner Verwendung von Nadel und Faden?«
Alice wurde rot und stotterte. »Nein, Sie haben das wunderbar gemacht. Ich habe nur so ein blödes Gefühl im Fuß … manchmal.«

»Das sollte nicht sein.« Hannah Kehl begann, Alices Fuß aus seiner Mullverpackung zu befreien. Alice war froh, dass er durch das Hüpfen zur Tür jetzt wenigstens wieder stärker schmerzte, so kam sie sich nicht ganz so verlogen vor.
Sie hatte sich in der letzten Nacht mehrmals versichert, dass sie nur ins Krankenhaus wolle, um sicher zu gehen, dass ihre Gedanken über die Ärztin nichts weiter waren als die natürliche Reaktion einer unter Schock stehenden Fuß-Verletzten, die froh war, dass man sie freundlich behandelte. Jetzt war sie sich sicher. Sicher, dass es mehr war, sicher, dass sie diese Frau hatte wiedersehen wollen, die so schön war, so souverän und die eine so angenehme Stimme hatte, die jetzt wohl mitten in ihre Überlegungen hinein etwas gesagt hatte, dem sie leider nicht hatte folgen können. »Entschuldigung. Was haben Sie gesagt?«
»Die Wunde sieht gut aus. Was haben Sie denn für Beschwerden?« Sie schaute fragend in Alices inzwischen knallrotes Gesicht und setzte sich neben sie auf die Liege. »Haben Sie Fieber? Das könnte noch eine Reaktion auf den Wundschock sein. Oder auf die Antibiotika.« Sie umschloss Alices Handgelenk mit ihrer Hand und blickte auf ihre Armbanduhr. »Bisschen schnell« Sie beugte sich vor und ihre Hand legte sich kühl und fest um Alices Nacken. Sie saß jetzt so dicht neben Alice,

dass Alice die hellen Flecken in ihren Augen sehen konnte. Alices erster Reflex war es gewesen, die Augen zu senken und ein zwar langweiliges aber sicheres weißes Bettlaken anzustarren, aber dann ließ sie den Blickkontakt bestehen und musterte die andere mit unverhülltem Interesse. Hannah Kehls Blick blieb so fest in Alices Augen liegen wie ihre Hand in ihrem Nacken. Ich würde dich gerne kennenlernen, dachte Alice.

»Fieber ist das wohl noch nicht«, sagte Hannah Kehl im selben Moment und löste ihre Hand, »... aber wir werden jetzt zur Sicherheit noch mal Blut abnehmen und uns die Sache genauer anschauen.« Während sie den Fuß wieder verband und die Spritze fertigmachte, suchte Alice verzweifelt nach irgendeinem Satz, der das Gespräch in Richtung Abiturfeier lenken konnte. Welches Gespräch?, fragte eine Stimme in ihrem Inneren, du sitzt hier und sagst kein Wort. Und Frau Kehl sagt auch nichts. »Mussten Sie die ganze Nacht arbeiten?«, fragte Alice ruckartig, als die Nadel mit einem winzigen Pikser in ihre Vene drang.

Die Ärztin antwortete, ohne ihren Blick von den Röhrchen zu nehmen, die sie nacheinander auf die Spritze setzte und die langsam vollliefen. »Nein, ich hatte viel Glück und konnte bis vier Uhr schlafen. Erst danach hatten zwei selbsternannte Extremsportler die Idee, mit ihren Fahrrädern

eine Treppe hinunterzufahren, um festzustellen, wer schneller ist. Sieger und Verlierer teilen sich jetzt ein Zimmer auf Station I. Das war es schon!«
Sie zog die Nadel aus Alices Arm und drückte ein kleines Mullpflaster darauf. »Arm anwinkeln und einen Moment fest andrücken. Werden Sie abgeholt?«
Alice schaute wieder in Hannah Kehls Augen, die immer im selben Moment nach ihr zu greifen schienen, und fasste einen Entschluss. »Nein, leider nicht«, behauptete sie. »Muss mal schauen, ob ich ein Taxi bekomme.«
Hannah Kehl schaute auf ihre Karteikarte. »Sie wohnen doch hier ganz in der Nähe. Wenn Sie warten, bis ich mich umgezogen habe, bringe ich Sie nach Hause. Ganz neuer Service des Hauses: Wir nähen und fahren für denselben Preis. Wollen Sie es ausprobieren?«
Alice war vom Erfolg ihrer Taktik so überrascht, dass sie nur begeistert nicken konnte.

»Los geht's!« Alice war so in Gedanken versunken gewesen, dass sie nicht mitbekommen hatte, wie Hannah Kehl wieder neben ihr aufgetaucht war. Sie hatte regungslos auf der Liege gesessen, die Wand angestarrt und sich gefragt, wann sie in den letzten Jahren so glücklich und aufgeregt gewesen war wie in diesen Minuten. Das ist nicht normal, hatte sie gedacht, sie fährt mich doch bloß nach Hause. O je, Markus. Hoffentlich kommt er nicht jetzt schon. Ich werde ihn anrufen und sagen, dass er nicht kommen müsse, weil ich nach Hause gebracht werde. Wann habe ich mich jemals so darüber gefreut, mit irgendjemand in einem Auto sitzen zu dürfen? Der einzige Moment, der ihr spontan zu diesem Gefühl eingefallen war, lag schon viele Jahre zurück. Als ihr in der achten Klasse beim Klassenausflug in den Zoo schlecht geworden war, hatte ihre Lieblingslehrerin den Rest der Klasse in der Obhut eines Kollegen gelassen und sie zwischendurch alleine nach Hause gefahren. Sie sah plötzlich wieder genau vor sich, wie sie voller Glück über diese überraschende Ehre auf dem Beifahrersitz gesessen und sich vorsichtig in diesem sonst unerreichbaren Privatraum der Lehrerin umgesehen hatte. Am Rückspiegel hatte ein kleines Herz mit dem Buchstaben W. geklebt. Sie wusste jetzt auch wieder, dass sie überlegt hatte, dass der Vorname der Lehrerin nicht mit W. begann und dass es ihr nicht recht gewesen war, dass irgendein W. ein Herz auf dem Spiegel ihrer Lehrerin anbrachte. Diese hatte ihr während der Fahrt mehrmals beruhigend über den Kopf gestrichen, was sie so in Aufruhr versetzt hatte, dass sie sich noch im Auto übergeben musste. Dass sie dieses Verhalten vor zwei Tagen im Taxi wiederholt

hatte, noch bevor sie Hannah Kehl begegnet war, schloss wohl aus, dass es hier ein Muster gab.
»Klappt das mit den Gehstützen oder soll ich helfen?« Hannah Kehl stand immer noch vor ihr und sah sie fragend an. Die dunkle Wildlederjacke, die sie jetzt anstelle des weißen Kittels trug, schien eigens für den Zweck entworfen worden zu sein, die Farbe ihrer Augen zu unterstreichen und ihre hellen Haare noch intensiver leuchten zu lassen. Alice klemmte sich leicht geblendet die Stützen unter die Arme und folgte ihr unbeholfen auf den Flur.
»Ich stehe in der Tiefgarage, passenderweise direkt am Aufzug. Schaffen Sie es bis dahin?«
»Natürlich.« Ich würde es wahrscheinlich noch viel weiter schaffen, wenn Sie einfach immer weiter neben mir hergehen, dachte Alice, und die Welle von Zärtlichkeit, die sich dabei in ihr ausbreitete, ließ sie gleichmäßig und ruhig gehen. Sie schaffte es still lächelnd und ohne Zwischenfälle bis in die Tiefgarage.
Neben einem alten roten Porsche blieb die Ärztin stehen, schloss die Beifahrertür auf und sagte lächelnd: »Ich hoffe, Sie haben keine Ansprüche, was den Transport angeht, meine Josefine ist zwar ein schnelles, aber nicht sehr komfortables Gefährt.«
Alice lächelte zurück, während sie sich vorsichtig in den tiefen Sitz fallen ließ. »Was für ein cooles Auto! Sie haben den Wagen meines Freundes noch nicht

gesehen, sonst würden Sie sich nicht entschuldigen, und der hat keinen so schönen Vornamen. Auf mich macht Josefine einen fantastischen Eindruck.«

»Dann bin ich ja beruhigt. Dichterviertel ist richtig?«

»Ja, Hölderlinstraße.«

»Da wohnen Sie ja fast in Rufweite zur Schule. Ist doch bestimmt praktisch, oder? Früher wollte ich immer gerne so nah an der Schule wohnen, anstatt jeden Morgen mit dem Bus zu fahren.«

»Wo haben Sie denn gewohnt?« Alice sah fasziniert, wie Hannah Kehls Finger das Lenkrad umschlossen und den Wagen aus der Parklücke manövrierten. So ruhig und bestimmt, wie sie die Hände bewegte, war sich Alice sicher, dass sich jede Form von Materie in ihrem Griff sicher fühlte. Sie hatte bestimmt noch nie ein Glas fallen gelassen.

»Im Norden, an der Stadtgrenze. Ich bin eigentlich nur aufs Kopernikus gegangen, weil man Stiefvater früher auch dort war. Er hat seine Praxis immer noch in der Marktstraße. Seinetwegen konnte ich auch hier im Krankenhaus anfangen. Ich bin ja gerade erst mit dem Studium fertig und es ist heute nicht mehr ganz so leicht, eine Stelle als Ärztin im praktischen Jahr zu bekommen. Schon gar nicht, wenn man erst mit neunundzwanzig fertig wird.« Sie hielt einen Moment inne und warf Alice dann einen kurzen, ein wenig traurigen Blick zu. »Ich scheine immer noch die Dinge zu tun, die ihm am

besten gefallen. Meistens sind das aber auch die richtigen.«
Alice erwiderte den Blick und fühlte, wie die Muskeln in ihrem Herzen ganz weich wurden. »Mein Vater ist vor drei Jahren ausgezogen, ohne mir zu sagen, was ich tun soll oder ob ihn das, was ich tue, interessiert.«
Sie sahen sich wieder an und ein intensives Gespräch begann, ohne dass eine von ihnen damit gerechnet hatte. Hannah Kehl hielt nach kurzer Zeit vor Alices Haustür, schaltete den Motor aus, und sie redeten einfach mühelos weiter. Über die Schulzeit, über Eltern und Freunde. Zwischendurch warfen sich beide immer dann verwunderte Blicke zu, wenn sie glaubten, dass die andere es nicht bemerkte. Mitten in einem Satz schüttelte die Ärztin plötzlich den Kopf, schaute auf ihre Uhr und sagte: »Da sitze ich hier und erzähle Ihnen mein Leben, anstatt dafür zu sorgen, dass Sie den Fuß hochlegen und sich ausruhen. Was haben Sie mir gegeben, das mich so gesprächig macht?«
»Müsste ich das nicht fragen? Sind Sie nicht diejenige, die mit der Pharmazie im Bunde ist?«
»Stimmt! Und ich werde von schrecklichen Tinkturen Gebrauch machen, wenn Sie den Heilungsprozess jetzt nicht ernsthaft in Angriff nehmen. Wie wollen Sie denn sonst auf ihrer Abiturfeier mit ihrem Freund tanzen? Oder dem

Schulleiter?« In Hannah Kehls Augen leuchteten wieder die schelmischen Funken.
Alice fasste sich ihr weiches, eigenartig empfindliches Herz und sagte: »Wie wäre es, wenn Sie auf meiner Abiturfeier mit dem Schulleiter tanzen?«
Beide sahen sich kurz an und lachten dann ob dieser Vorstellung laut heraus. Hannah Kehl schüttelte den Kopf. »Der gute Herr Ludwig reichte mir schon in der zehnten Klasse nur noch bis zur Schulter, und ich denke mal, dass er nicht mehr sehr gewachsen ist, oder?«
»Nicht mehr sehr.« Alice grinste. »Und seine Reden fallen immer noch unter das Betäubungsmittelgesetz.«
»Tanzende Zwerge und tödlich langweilige Reden. Das wollen Sie mir wirklich antun?«
Alice konnte sich nicht erinnern, dass sie überhaupt schon einmal etwas so sehr gewollt hatte. »Wirklich und wahrhaftig!«, sagte sie mit Nachdruck.
»Dann habe ich wohl keine Wahl.«
Sie strahlten sich an und Alice konnte ihr Glück nicht fassen. »Sie kommen?«
»Ich versuche zu kommen.«
»Ich bringe Ihnen in der nächsten Woche eine Einladung vorbei.« Alice hätte den Satz am liebsten gesungen, war sich aber zum Glück noch bewusst, dass sich ihr Leben trotz dieser wunderschönen

Verabredung nicht in ein Musical verwandelt hatte. Hannah Kehl nickte lachend und half ihr dann aus dem Wagen. Alice schaute wie betäubt hinterher, als sie winkte und wegfuhr. Sie würden sich wiedersehen, das war alles, was zählte.

Die Woche, in der ihr Fuß heilte und die sie fast ausschließlich zu Hause verbrachte, wurde in Alices Erinnerung zu einer Zeit nie gekannter emotionaler Abenteuer. Obwohl sie kaum ihr Zimmer verließ und meistens auf der Couch lag, fühlte sie sich, als wäre sie ständig in Bewegung. Alle ihre Gedanken kreisten auf schnellen und engen Bahnen um Hannah Kehl, das Gespräch mit ihr im Auto und den Abend der Abiturfeier. Woran sie auch dachte, mit wem sie sprach oder was sie sah, alles war in der Lage, das Bild der Ärztin vor ihren Augen entstehen zu lassen, und sie ließ sich freudig von jeder kleinsten Anregung in die schwindelerregende Welt ihrer Tagträume entführen. Sie wusste, dass es nüchtern betrachtet zwischen ihr und Hannah Kehl nicht viel gab, wovon man träumen konnte. Sie hatten sich nett und völlig normal unterhalten, aber es schien Alice, als hätte sie während der gesamten Unterhaltung eine leise Melodie im Hintergrund gehört, die von einer Sehnsucht sang, die die Sprache nicht ausdrücken konnte. Mehrmals er-

wischte sie sich dabei, wie sie sämtliche Fernsehprogramme nach Krankenhausserien oder wenigstens Arzneimittelwerbung absuchte, weil sie wusste, dass der Anblick von Frauen in weißen Kitteln ihr Herz wieder neu zum Flattern bringen würde. Überhaupt schien ihre Wahrnehmung, was Frauen anging, geschärft. Sie schaute fasziniert zu, wie sich die Lippen des Hauptdarstellers einer schlechten Fernsehserie dem weichen Hals der Hauptdarstellerin näherten, und vermeinte fast, die weiche Haut unter den eigenen Lippen zu spüren. Jede Großaufnahme eines weiblichen Mundes machte sie unruhig und sie fuhr sich so lange gedankenverloren über die eigenen Lippen, bis ihre Mutter ihr wortlos einen Fettstift neben die Couch legte. Alice analysierte ihre Gefühle in dieser Woche nie, sie wunderte sich nicht, sie fragte sich nichts, sie ließ einfach zu, dass ihr Herz mit einem großen, klecksenden Pinsel ihre ganze Welt rosa strich. Am Ende der Woche war sie fast rund um die Uhr damit beschäftigt, sich die Übergabe der Einladung auszumalen, die Markus ihr aus der Schule mitgebracht hatte.
«Kommt dein Vater etwa doch noch?«, hatte er vorsichtig gefragt und ihr den Umschlag auf den Nachttisch gelegt. Sie hatte mit dem Kopf geschüttelt und eigentlich irgendetwas Belangloses oder Lustiges sagen wollen, aber dann war ihr klar ge-

worden, dass sie keine unauffällige Antwort mehr geben konnte. Jeder Buchstabe in jedem möglichen Wort über Hannah Kehl war schon von oben bis unten leuchtend rosa angemalt und mit bunten Ballons behängt. Markus stellte Gott sei Dank keine weiteren Fragen, obwohl sie in seinem Blick ein Misstrauen aufblitzen sah, das ihr fremd war.
Als sie schließlich einen Tag vor der mündlichen Prüfung zum Fädenziehen ins Krankenhaus ging, hatte sie alle möglichen Dialoge, die die Übergabe der Einladung begleiten könnten, so oft geprobt, dass sie sich vorkam wie vor einer wichtigen Theaterpremiere. Aber was sie in keiner Probe einkalkuliert hatte, war, dass Hannah Kehl nach einer außerplanmäßigen 30-Stunden-Schicht gar nicht anwesend war und sie nach der Entfernung der Fäden von einer freundlichen Krankenschwester aufgefordert wurde, die Einladung doch bitte an der Pforte zu hinterlegen. Erst jetzt wurde ihr bewusst, dass die Welt ihrer Träume aus hauchdünnem Glas bestand, denn die rosafarbenen Szenarien in ihrem Kopf stürzten ohne jeden Widerstand in sich zusammen und blieben als durchsichtige Scherben am Boden liegen.
»Ich lege es in ihr Fach, da sieht sie es morgen früh als allerserstes. Schreiben Sie doch ihre Telefonnummer auf den Umschlag, dann kann sie Sie erreichen, wenn sie noch Fragen hat«, erklärte

ihr der freundliche Herr an der Pforte, nachdem sie ihm mehrmals eindringlich geschildert hatte, um welch bedeutendes Dokument es sich hier handele und wie wichtig es sei, dass Hannah Kehl es persönlich erhalte. Alice schrieb die Zahlen langsam und sorgfältig auf den Umschlag und setzte dann den Satz »Falls Sie noch Fragen haben« dazu. Dann unterschrieb sie mit »Kopernikus«, weil es in ihren Gedanken immer so wundervoll klang, wenn Hannah Kehl sie so begrüßte.
Mit der Abgabe der Einladung und der bestandenen Prüfung am nächsten Morgen begann ohne Vorwarnung eine neue Phase in Alices Leben. Jetzt war sie fast nicht mehr zu Hause, sondern stürzte sich in die vielen Partys und die Vorbereitungen der Abiturfeier, als ginge es um ihr Leben. Obwohl sie sich in diesen Tagen ununterbrochen bewegte, kam sie sich innerlich vor, als ob sie stillstünde. In ihrer Gedankenwelt ging sie nicht ein einziges Mal vor die Tür, sondern verharrte regungslos neben dem Telefon und wartete. Und wartete. Sie fühlte sich auch im größten Trubel allein und ohne Emotionen und immer wenn sie nach Hause kam, ohne dass ihre Mutter ihr vom Anruf einer Ärztin aus dem Krankenhaus berichtete, wurde dieses Gefühl der Einsamkeit stärker.
»Du könntest versuchen, etwas weniger nach Beerdigung auszusehen«, flüsterte Markus, als sie

zwei Tage vor der Abiturfeier mit der gesamten Stufe für ein Foto in der Aula posierten, und strich ihr in einer ungewohnten Mischung aus Zuwendung und Zurechtweisung über die Haare. Jetzt müsstest du einen Scherz machen und lachen und dann wäre alles gut, dachte Alice, aber ihre Stimme und ihr Gesicht weigerten sich, an dieser Täuschung teilzunehmen. Sie betrachtete Markus unauffällig von der Seite, als er sich seinem Nebenmann zuwandte, und sah den leichten Bartschatten, der sein Kinn verdunkelte. Wenn sie sich küssten, rieb er seine Haut oft an ihrer und die vielen kleinen Stoppeln kratzen ihr rote Muster in die Wangen. Seine Haut ist nicht weich, dachte sie und fühlte, wie ihre Mundwinkel endlich den eingenommenen Posten verließen, allerdings nur um noch etwas weiter zu sinken.
»... und ich denke, es wäre doch besser, wenn Alice dann noch ein paar Worte sagt, bevor wir mit dem Programm anfangen. Muss ja nichts Langes sein.«
Alice erwachte beim Klang ihres Namens ruckartig aus ihrem stimmungssenkenden Porenvergleich und schaute in die vielen Gesichter, die sie erwartungsvoll anlächelten.
»Du bist doch nun wirklich nicht auf den Mund gefallen«, unterstrich Lukas seine Position in diesem Moment und legte seinen Arm um sie. »Sag einfach irgendwas von ›Vielen Dank an die Lehrer und jetzt

wollen wir Ihnen unsere Version der letzten neun Jahre näherbringen‹ oder so ähnlich und dann fangen wir mit der Show über den Beamer an.«

»Warum beglückst du den Raum denn nicht einfach mit ein paar geschliffenen Sätzen?« Alice versuchte wie die Alice zu klingen, die alle kannten.

»Das ist eine reine Frage der Optik, meine Liebe. Dir fliegen schon beim ersten Wort die Herzen zu, mir spätestens beim zweiten die Tomaten. Wenn sie mich sehen, wissen die Lehrer, das Unheil droht, mit dir kommen wir harmlos rüber, dann ist die Überraschung größer.« Lukas ließ sein Zungenpiercing blitzen und alle lachten.

Da es Alice nie gestört hatte, vor größeren Menschenmengen zu reden, nickte sie jetzt und einige applaudierten. Zwei Sätze in der Aula würde sie doch nun wirklich noch irgendwie hinbekommen.

»Meine Freundin ist eben die Allerschönste!« Markus rieb seine Wange an ihrer, küsste sie voller Besitzerstolz und es fühlte sich an, als ob die kleinen Bartstoppeln seine Worte in ihre Haut tätowierten.

Abiturfeiern waren etwas sehr Seltsames, dachte Alice und betrachtete sich und die ganze glitzernde, feierliche Gesellschaft von ihrem Platz an der Bühne aus. Auf der einen Seite waren sie der lang ersehnte Höhepunkt ihrer gemeinsamen Zeit und auf der anderen Seite das abrupte Ende. Nach diesem Abend waren sie nicht mehr die »Dreizehn« des Kopernikus, sondern zweiundachtzig Individuen, die sich allein einen Platz im Leben suchen mussten. Alice gefiel sich in der Rolle der unbeteiligten Beobachterin dieses Ereignisses, vor allem deshalb, weil diese Überlegungen sie immer wieder kurzzeitig von der einzigen Frage ablenkten, die sie wirklich beschäftigte. Kommt sie? Oder kommt sie nicht? Dass sie sich nicht gemeldet hatte, konnte ein gutes und ein schlechtes Zeichen sein. Es konnte heißen, dass sie keine Fragen hatte – oder keine Lust. Alice hatte diese und alle anderen Wahrscheinlichkeiten gründlich untersucht und dabei nebenbei herausgefunden, was sie schon immer vermutet hatte: Wenn es um das wirkliche Leben ging, war jedes Wissen um die mathematischen Gesetze der Probabilität sinnlos. Sie schaute kurz auf den Zettel, der ihre zwei Sätze zur Überleitung ins Programm enthielt. Sie hatte sich gegen die brave und unauffällige Version entschieden, weil sie auf keinen Fall brav und unauffällig wirken wollte. Nicht an diesem Abend, nicht wenn Hannah Kehl im Publikum saß. Falls Hannah Kehl im Publikum saß. Es war jetzt kurz vor acht und die meisten Tische waren besetzt, Markus' Eltern nahmen ihr gegenüber Platz und strahlten sie durch das Blumenbouquet in der

Mitte des Tisches abwechselnd so intensiv an, als wären sie jederzeit bereit, den Job der Sonne zu übernehmen, sollte diese auch nur einen Moment übers Verlöschen nachdenken.

»Ist schade, dass deine Mutter nicht dabei sein kann«, sagte Markus' Mutter und beugte sich so weit über den Tisch, dass Alice ihr tief in den Ausschnitt schauen konnte, aus dem ein Stück schwarzer Spitze hervorlugte. Alice wurde rot, senkte schuldbewusst den Blick und sagte: »Für Mutti wären die vielen Menschen eine Qual gewesen. Das ist schon in Ordnung, ihr seid ja hier.« Sie zwang sich zu einem Lächeln und fühlte sich schlecht. Markus nahm ihre Hand, der Saal wurde dunkel und die Rede des Schulleiters begann. Alice schaute auf den leeren Platz an ihrem Tisch und eine Mischung aus Wut und Trauer überfiel sie. Sie hätte doch einfach sagen können, dass sie nicht kommt. Das wäre doch wohl nicht zu viel verlangt gewesen. Applaus brandete auf und der Direktor begann die Namen der Abiturienten zu verlesen, die sich daraufhin erhoben und auf die Bühne gingen, um nacheinander ihr Zeugnis in Empfang zu nehmen.

»Gleich bist du dran, du bleibst dann am besten gleich vorne. Sobald Lukas dran war, geht er mit den anderen zu den Beamern und dann kann es losgehen.«

Alice hörte ihren Namen, stieg die wenigen Stufen zur Bühne hinauf, nahm das Zeugnis aus der Hand des Schulleiters entgegen und lächelte peinlich berührt in den Raum, als der Direktor ihren Notendurchschnitt von 1,2 mit gespieltem Flüstern ins Mikrophon hauchte. Der Applaus schwoll pflichtbewusst an und Alice nickte dankend. Durch die sich in diesem Moment öffnende Eingangstür fiel ein Lichtstreifen auf die blonde Frau in dem schwarzen engen Rolli und der schwarzen Hose, die am Türrahmen lehnte und die jetzt den Daumen mit einem anerkennenden Lächeln in Alices Richtung hob. Ihre Augen trafen sich und Alice fühlte, wie eine leuchtende Wunderkerze ihre Magenwände von innen mit kleinen glühenden Sternen besprühte. Alles stand still und alles bewegte sich. Alles war laut und alles war leise. Alice holte so tief Luft, als sollte sie allein einen Heißluftballon aufpusten. Die Zeit der Tagträume und Wahrscheinlichkeitsrechnung war vorbei, Hannah Kehl war auf ihre Abiturfeier gekommen.
Die gleiche Situation, die noch vor einer Minute unbedeutend gewesen war, war jetzt plötzlich ungeheuer bedeutend. Alice knetete den Zettel mit ihren beiden kurzen Sätzen in der einen Hand, während sie mit der anderen vergeblich versuchte, wenigstens ein paar Locken hinter die Ohren zu zwängen. Sie hätte doch noch zum Friseur gehen

sollen und vielleicht doch nicht nur die schwarze Bluse und die schwarze Jeans anziehen sollen. Obwohl – jetzt waren sie beide ganz in schwarz und hoben sich auch so von den anderen Frauen ab, an denen entweder Farben leuchteten oder Schmuck glitzerte, und das gefiel ihr. Es gefiel ihr auch, wie Hannah Kehl lässig an der Tür lehnte und sich lächelnd mit einem Englischlehrer unterhielt, der auch zu spät gekommen war und offensichtlich die ehemalige Schülerin erkannt hatte. Auf der Bühne war jetzt der letzte Abiturient mit einem Zeugnis versehen worden und eine leichte Unruhe über den weiteren Verlauf des Programmes machte sich breit. Lukas winkte ihr von den Beamern aus zu und sie fühlte, wie ihr Herz einige Schläge aussetzte. Sie trat auf die Bühne und griff nach dem Mikrofon. Im Saal wurde es still und ihre Mitschüler, die Eltern und Lehrer sahen sie an. Sie suchte in ihrem Kopf nach den wenigen Worten, die die Show einleiten sollten, und konnte sie nirgendwo finden. Was war das noch gewesen? Irgendetwas über die Lehrer und dass nach den vielen Leiden, die sie den Schülern zugefügt hatten, jetzt eine kurze Leidenszeit auf sie wartete. Alice hob den Kopf und schaute mitten in Hannah Kehls Augen.
»Wir haben lange darauf gewartet«, sagte sie dann laut. »Das ist unsere Nacht!« Wundersamerweise

ließ die Intensität, mit der sie die Sätze gesagt hatte, den Saal applaudieren, und Lukas begriff, dass auch ohne jedes Stichwort jetzt der ideale Moment war, um die Show zu starten. Das erste, heimlich aufgenommene Bild eines Lehrers, der sich während einer Klausur die Fingernägel schnitt, löste sofort heftiges Gelächter aus und Alice stolperte hinter die Bühne.
Auch wenn ein kleiner Teil des Kollegiums nach der Show ein wenig säuerlich lächelte, brandete doch spontaner Applaus auf, und mit dem ersten Lied, das aus der Anlage ertönte, begannen sich die Tische zu mischen. Markus war hinter die Bühne gekommen, hatte Alice geküsst und sie dann zurück an den Tisch begleitet, zu dem sie nicht wollte. Sie wollte zu Hannah Kehl, die aber unerreichbar am anderen Ende der Aula in einer Traube von Lehrern versteckt war. Immerhin stand Lukas mit seinem DJ-Pult in ihrer Nähe und so flüsterte sie Markus zu: »Ich geh mal rüber zu Lukas. War eine tolle Show oder?« Markus nickte abwesend, während er gespannt einer Geschichte seines Vaters zuhörte, und sie erhob sich schnell und durchquerte den Saal. Bei Lukas angekommen wurde sie, bevor sie unauffällig in Hannah Kehls Richtung abbiegen konnte, selber in einem kleinen freilaufenden Lehrerrudel gefangen und konnte sich den Gratulationen und Scherzen nicht entziehen.

Immerhin konnte sie hier Hannah Kehl sprechen und lachen hören, was es ihr einfacher machte, die passende Reaktion auf die müden Scherze des Geografielehrers vorzutäuschen. Zweimal gelang es beiden sogar, einen schnellen, prüfenden Blick auf die jeweils andere zu werfen, ohne dass ihre Augen sich dabei trafen. In Hannah Kehls Gruppe hatte der kleine Schulleiter Wort und Raum an sich gerissen. »Frau Kehl«, sagte er laut und zog Hannah Kehl am Ärmel auf Alices Gruppe zu. »Sie müssen Frau Funke kennenlernen. Sie ist eine der besten ihres Jahrgangs, so wie Sie es damals auch waren.« Der Direktor schubste beide aufeinander zu und strahlte sie abwechselnd an.

»Wir kennen uns«, sagten Hannah Kehl und Alice wie aus einem Mund, und Hannah Kehl übernahm es, den dauergrinsenden Direktor davon zu unterrichten, dass sie den Fuß seiner Vorzeige-Abiturientin genäht hatte. Immer mehr Lehrer scharrten sich, von der Begeisterung des Direktors angezogen, den diese schicksalshafte Begegnung in offensichtliche Ekstase versetzte, um die beiden Frauen, und nun musste auch Alice einen Teil der Schilderung jener denkwürdigen Nacht übernehmen. Als der letzte Lehrer sich endlich einem neuen Opfer zuwandte und sie plötzlich alleine voreinander standen, waren beide überrascht und grinsten sich wortlos an. »Sieht so aus, als ob die fünfzehn Minuten unseres Ruhmes schon wieder vorbei sind«, sagte Hannah Kehl dann mit gesenkter Stimme. »Guten Abend, Kopernikus.«

»Guten Abend, es ist wunderschön dass Sie kommen konnten«, erwiderte Alice und hörte deutlich wie Hannah Kehls Nähe ihre Stimme erzittern ließ.

»Das konnte ich mir doch auf keinen Fall entgehen lassen. Jetzt bin ich nicht mehr nur irgendeine Ehemalige, jetzt bin ich die Mutter Teresa der Ehemaligen. Ich habe Wunder gewirkt und dem neuen Stern am kopernikiadischen Firmament das Leben gerettet.« Hannah Kehl faltete die Hände und richtete schon einmal probeweise den Blick gen Himmel.

»Haben Sie nicht bloß den Fuß einer nachtblinden Abiturientin genäht, die es in der Dunkelheit nicht geschafft hat Glas von Teppichboden zu unterscheiden?«, versuchte Alice die Ärztin aus ihren kühnen Fantasien zu reißen.

»Klang das gerade etwa so, als Herr Ludwig unsere epische Geschichte wiedergab?« Hannah Kehl tippte Alice angriffslustig aufs Brustbein.

Alice hob beschwichtigend beide Hände, während sie heimlich den Worten »unsere Geschichte« hinterherlauschte und sich an deren Klang erfreute. »Ich kapituliere vor der Größe der Ereignisse und werde von jetzt an davon erzählen, wie Sie mir in letzter Sekunde das dringend benötigte Herz transplantiert und mir damit ein völlig neues Leben ermöglicht haben. Und eine mündliche Prüfung in Religion.« Das Tippen auf ihrer Brust hörte auf und Hannah Kehls Zeigefinger erschien vor Alices Nase. »Genau so war es! Jedenfalls, wenn man Herrn Ludwig in den nächsten Jahren fragen wird … oder mich!«

Alice betrachtete den drohenden Finger, die schöne Hand und die wunderschöne blonde Frau, die sie übermütig anlachte.

Genau so war es.

»Die Aula hat sich aber mal gar nicht verändert«, bemerkte Hannah Kehl in diesem Augenblick. »Hat sich an den Klassenräumen in den letzten zehn Jahren irgendetwas getan?«

»Ich bin nicht sicher, einige Stockwerke sind renoviert worden.« Alice überlegte. »Wo war denn Ihre Klasse?«

»Bis zur Oberstufe waren wir im zweiten Stock, der Klassenraum neben dem Biologiesaal.«

Alice ließ ihren Blick durch die Aula schweifen. Alle waren beschäftigt, redeten, tanzten, lachten. Markus erklärte seinem Vater mit Lukas das DJ-Pult. Niemand würde sie vermissen. Sie warf Hannah Kehl einen verwegenen Blick zu, zumindest hoffte sie, dass er verwegen und nicht dämlich aussah. »Sollen wir nachschauen gehen? Vielleicht

finden wir noch einen Tisch, in den sie Ihren Namen geritzt haben.«
»Wenn Sie ganz sicher sind, dass niemand mehr ein Autogramm von uns will und Sie nicht zu sehr vermisst werden, fände ich es großartig. Ich glaube, ich habe jetzt auch schon mehr Lehrer wiedergesehen, als ich jemals im Unterricht hatte. Ist ein alter unerfüllter Traum von mir, allein durch die dunkle Schule zu streifen, auf meiner Abiturfeier hat sich die Gelegenheit leider nicht ergeben.« So wie Hannah Kehl ihren blonden Zopf jetzt beim Reden nach hinten warf, sah sie noch jünger und völlig unbeschwert aus.
Alice hinderte sich mühsam daran, ihr die eine Strähne, die dem Zopf wieder einmal entkommen war, aus dem Gesicht zu streichen, und drehte sich stattdessen langsam in Richtung Tür. »Dann wollen wir mal Ihre Träume erfüllen. Ist doch das Mindeste, was ich tun kann, nachdem Sie mir ein neues Herz transplantiert haben.«
Wie zwei kichernde Mädchen schlichen beide zum Ausgang und verschwanden in einem günstigen Moment durch die große Doppeltür. Alice lief voraus die Treppe hinab und bog im dritten Stock in den dunklen Flur zum Lehrerzimmer ab. Gemeinsam blieben sie vor der Tür, die in das Allerheiligste führte, stehen und sahen sich verschwörerisch an. Das einzige Licht in diesem Flur

kam von einer Notausgangsleuchte, die schwach am Ende des Ganges glimmte. Im matten Grün dieser Beleuchtung sehen die Augen der Ärztin aus wie zwei helle Kiesel, die in einem nächtlichen See liegen, dachte Alice.

»Immer, wenn ich hier gestanden habe, war in der Schule irgendetwas zu Bruch gegangen«, flüsterte Hannah Kehl übertrieben leise und hob dann die Hand zu einem Schwur. »Ich war aber natürlich immer unschuldig.« Alice grinste und legte ihre Hand auf die Klinke. »Sollen wir mal schauen, ob Ihre dicke Akte noch da ist?«

»Lieber nicht!« Hannah Kehl zog Alice von der Tür fort. »Ich möchte weder, dass Sie erfahren, wie ich mit zwölf das Mädchenklo überschwemmt habe, noch, dass mein frisch erworbener Heiligenschein eine Beule bekommt, weil ich mit einer Schülerin beim Durchstöbern der Akten erwischt werde. Lassen Sie uns lieber mein altes Klassenzimmer suchen. Und danach zeigen Sie mir, wo Sie in den letzten Jahren diese vielen Einsen geschrieben haben.« Sie rannten die Flure entlang und die Treppen hinunter, als wären sie wieder die Teenager, deren Erlebnissen sie nachspürten. Hannah Kehl spähte durch die geöffnete Tür in den Biologiesaal und griff sich ans Herz. »Er ist noch da und ich hatte so gehofft, dass er seinen Abschluss doch noch schafft!«

Alice folgte ihrem Blick und sah das Skelett in seinem Glaskasten stehen. »Frau Doktor, ich bin entsetzt! Sie ist noch da! Das ist Cindy und wie ich nach einer Klassenarbeit mit Sicherheit sagen kann, ist sie weiblich. Das Becken hat sie verraten.«
Hannah Kehl zuckte mit den Schultern. »Zu meiner Zeit hieß er Jürgen und war definitiv noch männlich. Muss vor seiner Geschlechtsumwandlung gewesen sein. Ich hatte immer den Eindruck, dass es Dinge gab, über die er nicht sprechen wollte.«
»Sie haben sich nah gestanden?« Alice legte der Ärztin übertrieben mitleidsvoll eine Hand auf die Schulter und gab damit einem Drängen nach, das in der Dunkelheit der letzten Minuten spürbar stärker geworden war.
»Offensichtlich nicht«, kicherte Hannah Kehl, drehte sich um und verschwand im benachbarten Klassenzimmer. Alice folgte ihr langsam und fand sie in einer Bank in der zweiten Reihe sitzend. »Hier habe ich bis zur Oberstufe gesessen. Neben Julia Faber, meiner besten Freundin, die selten zur Tafel sah. Sie hat vor drei Jahren Jens Lobert geheiratet und der hat da gesessen.« Hannah Kehl deutete auf eine Bank weit hinten. Alice fand Julia Faber unsympathisch, ohne sie jemals getroffen zu haben. »Und nach wem haben Sie sich umgedreht?«, fragte sie und sah die Ärztin viel ernster an, als sie eigentlich wollte.

Hannah Kehl erwiderte ihren Blick mit der gleichen überraschenden Ernsthaftigkeit. »Ich brauchte mich nicht umzudrehen, ich war jahrelang verknallt in Frau Deckers, unsere Klassenlehrerin.« Sie lachte unsicher. »Eine klassische pubertäre Schwärmerei, bis ich in der Oberstufe dann Stefan kennenlernte. Der hat übrigens auch kürzlich geheiratet.« Alice war es bei den Worten der Ärztin erst warm und dann wieder kalt geworden und sie rutschte ein wenig an den Rand des Stuhls. Alle Albernheit und aller Überschwang waren aus dem dunklen Raum gewichen und hatten einer unterschwelligen Spannung Platz gemacht. Beide schwiegen eine Weile und hingen ihren eigenen Gedanken nach, bis Hannah Kehl ruckartig aufstand und sagte: »Das hier ist Ihre Abiturfeier und Sie sitzen hier schon viel zu lange mit einer sentimentalen Ehemaligen in einem dunklen Klassenzimmer. So geht das nicht! Sie gehen jetzt feiern, wie sich das gehört.« Sie nahm Alices Hand, bevor diese protestieren konnte, und zog sie hinter sich auf den Flur hinaus. Ohne die Hände voneinander zu lösen, liefen sie die Treppe hinauf zur Aula und ließen sich erst vor der Türe widerwillig los. Alice hätte diese Hand, die so warm und sicher in ihrer lag, am liebsten gar nicht mehr losgelassen. Hannah Kehl sah unsicher auf ihre Uhr. »Ich geh besser nicht mehr mit rein, ich muss morgen früh

raus. Das war ein wunderschöner Abend und für Sie geht er ja jetzt erst richtig los. Feiern Sie schön.«
Alice starrte sie wortlos und schmerzerfüllt an.
Hannah Kehl legte ihr besorgt eine Hand auf den Arm. »Alles in Ordnung?«
»Ja«, flüsterte Alice, weil alles andere, was sie sagen wollte, keinen Sinn ergab. Wieder standen sie schweigend voreinander und keine löste den Blick aus den Augen der anderen. Dann trat Hannah Kehl einen Schritt zurück und wendete sich ohne ein weiteres Wort ab. Alice drückte die Klinke herunter und wollte gerade die Türe öffnen, als sie ihren Namen hörte. »Alice?«
Sie drehte sich noch einmal um und sah, dass Hannah Kehl an der obersten Treppenstufe stehen geblieben war.
»Ja?«
»Wenn Sie hinter mir gesessen hätten damals, hätte ich mich oft umgedreht.« Sie zwinkerte mit einem Auge und lief dann schnell die Treppe hinab.
Nein, dachte Alice, du kannst jetzt nicht gehen. Sie fasste sich das frisch transplantierte Herz und rannte hinterher. »Hannah.« Für das »Sie« war einfach keine Zeit mehr. Die Ärztin drehte sich um und sah sie unsicher an. »Das war ein dummer Satz, ich hätte das nicht sagen sollen.«
»Das war der mit Abstand klügste Satz, den zwei Kopernikusabsolventinnen jemals gehört oder

gesprochen haben.« Alice ging im Halblicht des Flures noch einen Schritt näher an Hannah heran. »Ich kann an nichts anderes mehr denken, seit ich dich getroffen habe.« Sie sahen sich an, bis Hannah die Augen schloss.

»Ja, geht mir auch so. Und ich habe keine Ahnung, wo das hinführen soll.« Hannah strich sich ungeduldig die ungehorsame Strähne aus der Stirn. Mit einem letzten Schritt war Alice nah genug, um zu tun, wovon sie ein ganzes, gerades Leben geträumt hatte. Sie nahm ihre Gerade und verwandelte sie in unzählige weiche Linien, die kreuz und quer hinaus in das neue Jahrtausend schossen. Sie beugte sich vorsichtig vor und küsste Hannah auf ihren schönen Mund. »Ich denke, es führt mitten ins Leben. Mitten in unser Leben!«

Hannah blieb stumm, aber sie drückte Alice näher an sich. »Weißt du denn überhaupt, wovon du hier sprichst?« Sie küssten sich wieder und dieses Mal war der Kuss ein wenig länger und unruhiger. »Nein«, sagte Alice. »Und ich will es auch gar nicht wissen. Ich will es erfahren. Mit dir erfahren. Ich bin Alice im Wunderland, und hier macht das Wissen keinen Sinn.«

Sie zog Hannah sanft hinter sich her, hinaus in die Dunkelheit. Aus der Aula drangen Stimmengewirr und laute Musik auf den Hof.

»Was ist mit deiner Abiturfeier?« Hannah blieb wieder stehen.
Alice lachte und lief auf den Parkplatz zu. »Das wird nicht die einzige Frage sein, die ich ab morgen beantworten muss.« Und morgen werde ich es schaffen, Mutti zur Therapie zu überzeugen, dachte sie dann.
Hannah öffnete ihr die Tür, ließ sich neben sie in das Auto fallen, küsste sie lange und startete schließlich den Motor. »Und jetzt hatte ich heute Abend extra einen so guten Eindruck gemacht. Ich hatte auf eine Marmorstatue im Hof gehofft.«
Alice nahm die Hand der schönen Frau, die den Wagen schnell und sicher über die Straßen lenkte. »Wer sagt dir denn, dass wir die nicht noch bekommen? Wir fangen doch gerade erst an!«

Mehr von Anne Bax

Herz und Fuß

Roman, 288 Seiten
ISBN 978-3-88769-765-5

Beim Sonnenuntergang über stillgelegten Hochöfen träumt Charlotte von Liebe. Vor Jahren war ihre letzte Beziehung dramatisch zu Ende gegangen. Als sie in ihr Büro zurückgeht, macht sie in einer Ecke der Aussichtsplattform einen grausigen Fund. Die Polizei tappt im Dunklen. Kurz darauf findet Charlotte noch einmal etwas Furchbares, und diesmal weist es auf sie hin. Ist sie persönlich gemeint? Muss sie um ihr Leben fürchten? Bei den Ermittlungen lernt sie die aufregende Journalistin Irene kennen. »Spannung, Spaß und Liebe verschmelzen zu einem funkelnden Lesevergnügen.« (Nicole Bruschkeit, Hajo)

Herzkammerspiel

Roman, 288 Seiten
ISBN 978-3-88769-783-9

Das Glück scheint vollkommen, Charlotte ist frisch verliebt in Irene. Doch auf einmal wird Irene merkwürdig still. Hat ihr Ex Markus wieder Einfluss? Und dann bricht sie Hals über Kopf auf, Richtung Berlin. Zugleich ereignen sich seltsame Einbrüche, fast ohne Spuren. Nichts wird gestohlen. Harmlos, bizarr – und bedrohlich. Die Polizei kann nichts unternehmen. Die Rentnerinnen rund um Charlys Mutter versuchen, dem unheimlichen Einbrecher auf die Spur zu kommen. Und dann ist Irene spurlos verschwunden.

Kochen und Küssen

192 Seiten, gebunden, viele Bilder,
ISBN 978-3-88769-730-3

»Ein Kochbuch, das zu je gleichen Teilen aus Rezepten, Kurzgeschichten und Illustrationen besteht. Dabei sind jedem lebendig illustrierten Rezept kurzweilige Stories zugeordnet. Die überwiegend vegetarischen Rezepte sind nichts für versnobbte Gourmets, sondern schlicht und leicht nachkochbar. Appetit machen sie dennoch und liefern zudem wissenswerte Zusatzinfos.« (L-Mag)
»Enthaltsamkeit dürfte einem nach Lektüre von Küssen und Kochen schwerfallen, denn Anne Bax und Cornelia Böhm verstehen ihr Handwerk« (Uniqueen)

Rezepte unter anderen:
Grätchen in Uniform (Lachsröllchen)
Have You Seen My Organic Sextoys? (Möhren-Zucchini-Puffer)
Klär of the Moon (klare Tomatenessenz)
When Knife Is Falling (Fächerkartoffeln)
Bandnudeln Bilitis (Sahnenudeln)
The L-Soup (Linsensuppe)

Aus der Geschichte »Niemand ist eine Insel«:

Manchmal bin ich der singenden Sappho für ihre mangelnde Diskretion allerdings ganz dankbar, denn schließlich hätte es auch ganz anders kommen können. Hätte zum Beispiel eine andere antike Inselbewohnerin vor zweitausend Jahren durch unvorsichtige Gedichte den Mittelmeerraum alarmiert, dann wäre ich jetzt vielleicht eine bekennende Krete. Oder eine praktizierende Malte.
In schlimmen Alpträumen sehe ich mich am Weihnachtsabend beiden Eltern gegenübersitzen und ihnen meine sexuelle Neigung in der trügerischen Dämmerung der elektrischen Baumbeleuchtung erklären. »Mutti, Papa, ich muss euch etwas sagen, ich bin eine Sardine!«

Impressum

Herbst 2015
PF 1621, D – 72006 Tübingen
Telefon: 0049 (0) 7071 66551 und +78779
Fax: 0049 (0) 7071 63539
www.konkursbuch.com
E-Mail: office@konkursbuch.com
Facebook: konkursbuch.verlag
Mittwoch. konkursbuchblog: blog.konkursbuch.com/

Gerne schicken wir Ihnen auch unser gedrucktes Gesamtverzeichnis.
Gestaltung: Verlag & Freundinnen
Covergestaltung mit Ausschnitt aus einem Foto von Th. Karsten
ISBN-Buch: 978-3-88769-656-6
ISBN E-Book: 978-3-88769-956-7